U0724165

东北流亡文学史料与研究丛书·史料卷

漂泊生涯
——马加回忆录

马 加 著

北方联合出版传媒(集团)股份有限公司
春风文艺出版社
·沈 阳·

主　编　张福贵
史料卷主编　李霄明

图书在版编目（CIP）数据

漂泊生涯：马加回忆录/马加著. —沈阳：春风
文艺出版社，2020.3（2022.2重印）
（东北流亡文学史料与研究丛书）
ISBN 978 - 7 - 5313 - 5683 - 7

Ⅰ. ①漂… Ⅱ. ①马… Ⅲ. ①回忆录 — 中国 — 当代
Ⅳ. ①I251

中国版本图书馆CIP数据核字（2019）第250921号

北方联合出版传媒（集团）股份有限公司
春风文艺出版社出版发行
http://www.chunfengwenyi.com
沈阳市和平区十一纬路25号　邮编：110003
永清县晔盛亚胶印有限公司印刷

责任编辑：姚宏越　刘　维　　　　责任校对：曾　璐
封面设计：马寄萍　　　　　　　　幅面尺寸：155mm × 230mm
字　　数：153千字　　　　　　　印　　张：10.5
版　　次：2020年3月第1版　　　印　　次：2022年2月第2次
书　　号：ISBN 978-7-5313-5683-7
定　　价：48.00元

目　录

一　闯关东

辽河下梢，

十年九涝。

十年九涝，

不离河套。

一年不涝，

吱哇乱叫。

——《民谣》

小时候，我常听老人说：咱家的祖先叫白腾蛟，老家住在山东登州府的乡下。平时务农，闲时做弓匠。有一年大旱，老天爷变了脸。最忌讳的是，清明不刮坟前土，庄稼人一年白受苦。谷雨没有点浆，小满没有下雨。到了五月二十三关老爷磨刀这一天，依然是蓝瓦青天的。年头瞪瞎眼，老天爷饿不死瞎家雀。死逼无奈，只好闯关东。他挑起八股绳两个筐，一头装孩子，一头是锅，后边跟着小脚老婆。白天赶路，晚上在庙台上歇宿。闯过山海关，偷渡柳条边，过了大辽河，一颗心才落了地。

关东城，

有三宝，

人参貂皮，

乌拉草。

关东城，

有三奇，

棒打狍子瓢舀鱼，

野鸡飞到饭锅里。

　　说起关东城，真是土壮民肥。辽河两岸的泥土，酥松柔软，可口喷香，长的庄稼可神了。高一头，深一色，粗一轮。红高粱，绿豆角，毛烘烘的狗尾巴粗的谷穗子，稀罕人透了。我的祖先白腾蛟左看右看，舍不得离开辽河套这块黑土地了。他听老人说："人吃土，土吃人。有了土地庄稼人才有了根本。"他下了决心，放下八股绳两个筐，开始在辽河套安家落户。开荒斩草，成为占山户。平时务农，闲时做弓匠。后来，就把这块开荒斩草的地方叫弓匠堡子。

　　我的祖先白腾蛟不仅能做弓匠，而且会拉弓射箭，有一身的好武艺。据说，他曾经做过总兵。他的后人，在清朝的北陵当过差。老汗王当政时期，施行牛录屯田制度。旗民不交产，满汉不通婚。大概因为是占山户，是土地利益的获得者，划属了汉军镶黄旗。后代人依然在这里以务农为生。到了我的太爷白宗举这一辈，没有文化，一脑袋高粱花子。在屋认得灶王爷，出门认得大天。打下粮食去换官帖，因为不识字，所以常常受人糊弄。他从此下决心要让我爷爷上学读书。我爷爷白明儒上了学堂，成了我家的第一代读书人。他聪明好学，为人善良耿直，在乡里做过小学教员。他拥护康梁变法，却受地方绅士的排斥，半生失业，在家作诗写字，下棋钓鱼，郁郁不得志。我从爷爷的亲身遭遇中，渐渐认识了这个社会，对它抱有一种愤愤不平的感情。

　　我的父亲白清宪也断文识字，能看唱本，能写豆腐账。有一年辽河涨大水，大水泡天的，弓匠堡子淹得房倒屋塌，家里断了口粮。父亲跑到班家屯去领施舍的粥锅。为了糊口，他到新民县仁术堂拉药匣子，会背汤头歌。三年学徒期满，到大荒地村去当药房先生。于是，我随家也上了大荒地小学。我的功课平常，体操、音乐都不及格，只有白话作文受过老师的表扬。

那年冬天，正值郭军反奉，大荒地村变成了战场。穿着灰棉袄的张作霖的大兵，折腾老百姓。拉夫，要官车，打粳米，骂白面，到处翻箱倒柜，吓得鸡飞狗跳墙。我家门口的药杆子也被大兵拉走了，去构筑战壕。在那个兵荒马乱的年头，妈妈带我们弟兄三人到平安堡姑姥家去逃难，我成了惊弓之鸟。苦难的中国，哪里有老百姓的天堂？

二　文会中学

一方水土一方人。一方人有一方人的生活习惯。

我这个生活在辽河边的农村孩子，交了一些农村孩子的朋友，也养成了一些农村的生活习惯。春天，到柳树趟去打鸟，夏天钓鱼，秋天戳高粱橡子，冬天在冰地上扔坑打瓦。玩着跑马城的游戏，唱着歌：

跑马城，

马城开……

1925年的春天，爸爸送我到新民县的文会中学去读书。

爸爸虽然是个乡下人，但思想并不保守。他从生活的实践中得到了很多的知识。如：庄稼人用的火镰不如洋火，乡下人穿的布袜子不如洋袜子，家机布不如进口的洋布，医生号脉不如听诊器……世间的货物，大凡沾上洋字，总是物高价出头。他认定，人要有出息，必须得会洋文，当洋差事。在海关、铁路、邮局混事的都是铁饭碗子，一辈子也不失业。因为新民文会中学是英国牧师孟中原办的洋学堂，那里的英文功课好，将来谋差事也容易。这是爸爸的一片苦心。

我第一次见到孟牧师，是在新民县基督教的教堂里。那时，一到礼拜天，新民的教徒都到教堂去做礼拜。那个教堂是一座很堂皇的建筑，高举架，石头结构，大扇的玻璃窗子，显得庄严气派。孟牧师的相貌却很不起眼：一脸的连毛胡子，两只猴眼睛，瘸了腿，外号又叫"孟瘸子"。他站在讲台上，领着教徒唱着圣诗，宣讲着基督教的教义。什么"圣父，圣子，圣灵""上帝创造了人，人生下来是有罪的，只有救世主能拯救灵魂""要服从，不要抵抗。人家打你的左脸，你把右脸也给人家打"等等。

孟牧师宣讲教义，还引证日俄战争。说因为日本人打胜了，俄国人打败了，才挽救了中国的老百姓没有到西伯利亚去做劳工，这是上帝的旨意，云云。

我听得不顺耳。恰巧那工夫，我的同班同学吴景宣扭过头，悄悄地对我说："这个孟瘸子，真是瞎胡说。"

"我们不听他那一套！"

我俩溜了号，出了教堂，来到孟牧师住的小楼。那里非常幽静，楼外有一处草坪，长着花曲柳，黄鹂在树上唱歌，非常好听。

我说："这个孟瘸子，可真会享福。"

"我听说他和一个女中校长私通，常常在这里幽会。"

"下个礼拜，咱们不去做礼拜，到南窑去打雀。"

到了下个礼拜天，我和吴景宣逃避做礼拜，带着两把夹子，跑到校外的南窑树林子去打雀。到了春天季节，柳树芽正发绿，画眉在树林子里唱歌，我俩玩得非常高兴，心里却有些嘀咕：万一学校发现我俩逃学，我们就会受到处罚的。可是那天，情况却有些两样。堂役摇过熄灯铃以后，学监祝隆恩没有查宿舍，同学们没有就寝，七嘴八舌地说着闲话，乱哄哄的。

原来，上海发生了五卅惨案，日本纱厂的资本家枪杀了工人顾正红。上海的工人和学生起来声援，罢工罢课，英国巡捕又开了枪，打死了十多个中国人。

传达这个消息的是燕京大学学生杨芝。他到文会中学的老师家里来养病，把消息告诉了吴景宣，吴景宣又告诉了他哥哥吴景昭，吴景昭告诉了李继渊，李继渊告诉了我。李继渊是新民五十家子村人，离我家弓匠堡子只有二里地，我们两家还有点拐弯的亲戚。他是文会中学学生会的头头，为人和善，是个乐天派，风言风语的，就把消息哄扬开了。

"同学们，咱们不能受洋鬼子欺负了！"

吴景昭接话说："一个孟瘸子，就把我们制住了，让我们做祈祷、做礼拜、读圣经。"

"我们不愿做礼拜，不愿读圣经！"

宿舍里的同学不约而同地喊起来。我心里觉得非常痛快。

吴景昭打铁趁热，征求大家的意见："从明天起，咱们支援上海的工人，开始罢课，不做礼拜，不读圣经。"

"好！"

我随着大家喊着口号。就在这一次，我觉得从身上解下了一百斤的枷锁，轻松了许多。

第二天，正当该上圣经课的时候，同学们不约而同地罢了课。教圣经的老师去找学监，又去找史校长，最后，把孟瘸子也找来了。孟瘸子看见同学们不服约束，气得浑身发抖，瞪着眼睛诅咒说："在上帝的面前，你们是有罪的。让万能的救世主，拯救你们的灵魂。"

李继渊站在孟牧师的对面，理直气壮地反驳说："我们不是教徒，不信上帝，我们也没有罪。有罪的是你们英国和日本的刽子手。"

孟牧师继续宣讲他的教义："让上帝拯救迷途的羔羊，不能拯救魔鬼。"

李继渊指着孟牧师的鼻子，挑战说："你们才是真正的魔鬼。你们向中国贩卖鸦片，火烧圆明园，又制造五卅惨案。"

在同学罢课的期间，我到图书馆去消磨时光。同学们有的看报纸，有的看《小说世界》杂志，也有的弹大正琴。弹的是《苏武牧羊》的歌曲，它表现了北国荒凉的草原和苏武坚贞的节操，十分感人。我和吴景宣私下里议论起来：

"苏武在北海边牧羊十九年，够坚决的了。"

"我看，李继渊和孟牧师顶着干，也够坚决的。好像一个共产党员。"

吴景宣说得很含糊，让我这个刚从农村来的幼稚学生，对于共产党的崇高名字，还不大理解，却留下了一种神圣的印象。在当时，我所能理解的，也就是苏武牧羊的那个水平。我告诉吴景宣，我想到市上的洋行去买一张大正琴。吴景宣却不以为然地笑笑："现在提倡买国货。买日本的大正琴，可不是时候。"

我打消了买大正琴的念头，把兴趣转移到文艺方面来。我很喜欢"五四"以来的反封建的文学作品，特别是欣赏蒋光慈的《鸭绿江上》，对小说里的主人公的革命与恋爱的曲折故事，真有如饥如渴的感觉。当时，我还是一个十五岁的未成年的少年，在封建家庭的包办下，强迫我和一个比我大五岁的农村姑娘订了婚，真是太痛苦了。《鸭绿江上》使我在人生的道路上，看到了希望。

我走上文艺创作的道路，还多亏了文会中学有两位好老师：王莲友和罗慕华。他俩常在《盛京时报》和《诗刊》上发表诗歌。我很羡慕他们，心里也萌生了做个诗人的愿望，却没有勇气去投稿。

有一天晚上，我正在图书馆里看《小说月报》，忽然听到室外吵吵嚷嚷的，闹翻了天。一会儿，吴景宣从外边跑进来，扯着我的膀子，呼哧气喘地说："大家快到外边去，和史校长讲讲理。"

原来，史校长一贯实行奴化教育。自从学生罢课以来知道奴化教育行不通了，答应了学生的部分要求，同意不做礼拜，不读圣经，就是不准上街游行。把声援的事交给基督教青年会去领导，来个釜底抽薪。

同学们都拥到外面来了。寝室外面，操场上，布告栏底下站满了人，连国文老师王莲友也参加了。

高年级同学吴景昭正和史校长辩论得不可开交，忽然看见王莲友来到跟前，随机应变地说："我们声援五卅运动，举行游行示威，选王莲友老师做代表好不好？"

王莲友是一个矮个子，长得小鼻子小眼睛，外貌很不起眼。他似乎有些腼腆，捋起大褂的袖子，露出光光的胳膊，大概不愿意出头，开了一句玩笑："我没有戴表，也就没有代表资格。"

不知是哪个同学在旁边开玩笑地说："你没有戴表，回家跟你爹卖烧饼去吧。"

王莲友刚从操场上退下来，有几位同学一条声地喊道："我们选举吴景昭做代表，还有李继渊！"

吴景昭抓紧机会，斩钉截铁地说："同学们选我做代表，我就干。我们现在就开始游行示威！"

游行的队伍集合了。举起校旗，敲起锣鼓，浩浩荡荡地冲出文会中学的校门。队伍从公发胡同出发，经过老爷庙前头，穿过新民东西大街，眼看快到大高家胡同了。大家都明白，在大高家胡同路南，有一家私卖枪支的日本洋行，曾把枪支卖给了中国的胡子，杀人绑票，弄得社会不得安宁。我们这次游行，日本浪人会不会开枪，再制造一次五卅惨案？谁的心里都怀着一个问号。我们已经走到大街上来了，绝不能停止。就在这工夫，吴景昭高高地举起了胳膊，响亮地喊着口号："打倒日本帝国主义！"

我第一次喊着这个口号，随着队伍走过了大高家胡同，一块石头落了地。

三　东北大学

1928年，我在新民文会中学毕了业，意外地考取了东北大学。

那一年，正是辽河涨大水，大水滔天的，弓匠堡子的庄稼涝得颗粒无收，喝高粱米粥都不易，而我却考取了东北最高的学府，真有一步登天的感觉。

沈阳的北边，昭陵原上，新开河畔，包围在一片松林当中的东北大学富丽又堂皇。那绿瓦屋顶的堡垒似的大礼堂，那马蹄形的体育场，还有理工学院的工字楼，文法学院的汉卿南北楼，教育学院的白楼，配备得整齐均匀，落落大方。由于张学良校长的赞助和倡导，开男女合校的一代新风气。

开学的第一天，我拎着一只柳条包，到东北大学注册报到。交了六十多元的学费，又到了教育学院的红楼宿舍。我的同屋同学于卓比我先来一步。他的穿着非常朴素。剃光了头，一件褪了色的青蓝布大衫，胸前别着白山黑水的东北大学校徽，不卑不亢，保持自己的本色，态度也很和气。他帮助我打开柳条包，掏出麻花褥子，自然而然地唠起家常。

"你是从乡下坐火车来的吧？"

我告诉他："我是从兴隆店坐火车来的。我家住在弓匠堡子，离火车站只有二里地。"

"听说你们那里发了大水？"

"那里涨了大水，庄稼全涝光了。"

我想到家乡涨的大水，感情很不舒服。在乡下，有多少农民断粮断饭。父亲虽然当药房先生，却挣不到现钱，只好借了高利贷，勉强凑足了学费。我上学这天，还是贫农六叔摆着筏子，饿着肚子，送我到火车站的。

于卓发现我对谈论水灾没有兴趣，又岔到另外一个题目上："你考教育学院，你对教育有兴趣吗？"

"不，我喜欢文艺。"

于卓猜到我上教育学院，是为了少交二十元学费，也就顺水推舟地往下说："你喜欢哪些文艺作品呢？"

"鲁迅的，茅盾的，丁玲的，还有蒋光慈的《鸭绿江上》，都看过。"

有一个星期天，于卓领我进了沈阳城。在督军署街有家绿野书店，它当时是地下党领导的一个外围机构，专门出售进步的文艺书刊。五光十色，琳琅满目，对我来说，真是一座新开辟的精神宝库，大开了眼界。由于经济条件的限制，我只挑选了三本书：《鸭绿江》《拓荒者》《晨曦之前》。

当时，我很欣赏于赓虞的《晨曦之前》。它那美丽的辞藻和朦胧的感情很投合我的口味。我也开始创作诗歌，写了第一篇作品，题目是《秋之歌》，寄给沈阳的《平民日报》，过些日子，居然发表了。我的第二篇作品是短篇小说《惆怅》。写一个受封建婚姻压迫的青年的伤感的情调，发表在《东北大学周刊》上。这些作品，都是稚嫩之作，一篇也没有保存下来。

一天，于卓给我介绍一位教育学院的同乡，他叫李英时，家住在新民西泡沿路北，正好与王莲友老师的父亲开的烧饼铺是邻居。李英时知道新民文会中学闹学潮，他也喜欢文艺。他看见我书桌前放置的《晨曦之前》，顺便谈起来："你喜欢于赓虞的《晨曦之前》吗？"

我反问了他一句："你不喜欢吗？"

李英时直率地说："我不喜欢他的豆腐块的诗，乍看起来，形式和辞藻都很美丽。但朦朦胧胧，空洞无物。我们上大学交学费，少一元也不行。贫农给地主交租子，少一升米也不行。你知道，咱们新民的河西出了一个惨案。因为涨大水，有个贫农交不起地主的粮租，添斗添不满，逼得那个农民把自己儿子的脑袋砍下来，去添满了斗，多可怕呀！蒋光慈的《战鼓》和柯仲平的《风火山》才是真正的普罗文学。"

一次，李英时给我带来《风火山》，作品洋溢的革命热情，把我带到了一个新的境界，令我憧憬不已。又有一次，李英时给我带来一本文艺刊物《冰花》，作品中有一首诗歌《露西亚的烽火》，它的主题是歌颂苏联十月革命的，同样令我激动不已。我赞叹道：

"这首诗太好了！"

"真是太好了！"

"东大附中的几个同学是怎么办起这个《冰花》的？"

很长的一段时间后，我才知道这个内幕：1929年，正是刘少奇同志主持满洲省委的工作。他发现《冰花》是个进步的文艺刊物，特委派杨一辰同志与《冰花》主编郭维城联系。以后，又把郭维城吸收入党，使《冰花》有了一个正确的方向。当时，还有一个《关外》，也是满洲省委领导的刊物，很受读者的欢迎。文艺刊物《北国》，也是满洲省委领导下的产物。筹办《北国》的有我、李英时、于卓等。他俩都是CY（共产主义青年团）分子，常常和省团委的王鹤寿同志接头。这些，当时我都不知道。后来，于卓却暴露了身份。有一天上课，每个同学都发现自己的书桌里放着一张共产党的传单。大家都很骇然，只有于卓坦然自若，一声不响。但是，他的大衫上别的校徽已经不见了。几天以后，于卓没来上课。就在那期间，传说有一个姓杜的共产党员，借用东大同学的校徽，到沈阳青年会去做宣传，当场被捕了。事情于是真相大白，那个借用的校徽就是于卓的。后来，于卓在同志的掩护下，到了北平。创办《北国》的担子，就主要由李英时和我来承担了。

北国社一共有六位同学。除了李英时和我以外，还有叶幼泉。他是文学院中文系的学生，仪表非凡，雄才善辩，是个天生的理论家，一贯鼓吹普罗文学。另一位张露薇是一个沉默的诗人，脾气古怪，目空一切，有进步思想。而林霁融是个小有名气的小说家，也是《新民晚报》的副刊编辑，和东大文艺圈里的作者都很熟悉。申昌言是学校的职员，他在《北国》第一期上发表理论文章《文学与时代》，用辩证唯物观点说明时代的主旋律。刊物的第二期上发表了李英时的《文学与阶级》，表现出鲜明的阶级立场。我在刊物上发表了短篇小说《母亲》，叙述一个革命的青年，背井离乡，过着流亡苦难的生活。当时，在沈阳的作家萧军、罗慕华、王莲友等也发表一些作品，活跃了沈阳的文坛。

我的同屋同学老穆，崇拜辽阳的王尔烈，反对白话文，特别反对我在《北国》上发表的《母亲》。有一次，他毫不客气地对我说："文以载道。我看你写的小说《母亲》，全是歪门邪道。"

"我写的是正道!"

"一个大学生,不好好地念书,却异想天开地去参加革命。离开家,流亡在外,真是成何体统!"

"家里给他订了包办婚姻,他当然想离开了。"

"孔子曰:'父母在,不远游,游必有方。'违背圣人之学,无父无母,是禽兽也!"

我忍无可忍,当面和他吵起来:"你才是禽兽,你是野狗!"

后来,我写了一首讽刺诗《野狗的跳舞》,不久发表在《沈阳晚报》上。

一天,我到北陵去散步,碰巧在那里的张学良的别墅里看到一场网球比赛。

那场网球比赛是四人对打,中国网球的亚军邱北海和一个英国的领事为一方,中国的网球冠军和张学良校长为另一方。当时,比赛已快要到了末尾,张学良仍能保持旺盛的精力。他敏捷地操起网球拍,长抽短打,或快或慢,都能得心顺手,精彩利落。看台上的观众不断地鼓掌。两场比赛结束后,张学良来到看台上休息,恰好坐到我旁边的位置上,使我有机会对他进行了观察:一张消瘦而英俊的脸,清晰的耳轮,通天的鼻子,嘴角挂着微笑,显得聪明过人。

他注意到我的大衫上别着白山黑水的东大校徽,断定我是个东大的同学:"你是东大的同学吗?"

"是的。"

"你是东大的哪个学院的?"

"校长,我是教育学院的。"

我初次和张学良校长谈话,态度有些拘束。张学良校长却很自然坦率、很随便地交谈:"你们下午没有功课吗?"

"校长,我们下午只有一节教育心理学的课。上完课我来的。"

"看样子,你是很喜欢体育的。"

我本想说我更喜欢文艺,但一想到我们主编的《北国》,还不知道学校领导是什么态度，于是便迟疑了一下。恰巧这工夫，副官送来了茶水，先递给了英国领事，英国领事又递给了张学良校长。张学良校长说了一句英文："Thank you!"

接着，下一轮比赛又开始了。张学良校长拿起了网球拍子，迈着敏捷的步伐，步入了球场。这正是他春风得意之时，胜利在望。谁料想一幕时代的历史悲剧，将从他的脚下的这块土地上演出……

四　九一八事变

1931年，是一个多事之秋。

新年以后，沈阳的《盛京时报》上刊出了一条新闻，据气象专家观测，今年的太阳有些变异。四年前发现的太阳黑点消失了。它预兆着什么国家大事，难于猜测。但只要是关心中国的人都不难联想到：为什么驻在东北的日本关东军调动频繁？司令也换成了本庄繁大将？而张学良的东北军却调到关内，帮助蒋介石去打石友三，使沈阳几乎变成了一座空城？再想想这几年日本在东北制造了多少案件：皇姑屯惨案、万宝山事件、中村事件、七公台事件……真是使人担心。

这一年，由于日商飞田隆侵占新民县的七公台村的土地开稻田，打死了中国农民，并酿成了水灾，使我的家庭又发生了经济困难。我不愿意再花爸爸的钱去上大学，只好休了学。而家庭给我包办的婚姻更使我痛苦，我决定冒着危险，到北平去闯一闯。北平是中国文化的古都，是五四运动的摇篮。于卓已经到了北平，参加了社联；张露薇也在暑期考上了清华大学，还常常在北平的刊物上发表文章，可以独立生活了。我在上海的《春潮》《北新》半月刊上也都发表过诗歌，我的老师王莲友在天津办了一个文艺刊物《天鹅》，曾向我约稿。我在上面发表了两篇小说，稿费还存在他那里。所有这些因素，坚定了我去北平的想法。

1931年的8月，我坐火车到了北平，住在东城沙滩的文丰公寓。

到了北平，我才见了大世面。那巍峨的前门箭楼，广阔的天安门广场，庄严的紫禁城，美丽的天坛、北海，莫不记载着古老的文明。北大的图书馆和红楼里，有多少穷学生天天在这里艰苦奋斗，成了诗人和作家。

我在北平有两个朋友：于卓和张露薇。

张露薇考上清华大学后，常在《清华周刊》上发表文章，平时穿着洋服，正是青云得志。他对我仍很热情，请我在东来顺吃涮羊肉，游北海的白塔，逛未名书店。一次，他指着沙滩附近的蜡库胡同（今称作"腊库胡同"）告诉我，那里曾经是徐志摩住过的地方。而于卓却依然保持在东北大学时期的作风，严谨朴实，虚心务实。光着头，穿着半新不旧的大衫。我谈到他的那个白山黑水的校徽，于卓不由得笑出声来。

"大概，东大的校徽给你的印象太深了。"

我说："印象太深了，大家都很关心借你校徽的杜同志。"

"他暴露了目标，被捕了。我不能在东大待下去了，只好来到北平。"

北平是中国封建社会的缩影，五花八门，无所不有。这里有清朝的遗老遗少，早晨提着雀笼子，白天斗蛐蛐。有的大学生，打麻将打一宿。还有一些失意的军阀政客，住在六国饭店，过着纸醉金迷的生活。东交民巷是租界地，住着外国的兵。当然，也有跑图书馆的，有研究马列主义的。在文艺上，有以鲁迅为首的革命的文艺思潮，也有胡适之的一派……

古老的北平城，显得多么肃穆宁静。公寓的房后，有两棵槐树，树上的蝉叫个不停。刚刚到了中秋节，卖兔儿饼的已经上了市。人们显得那么悠然自得。

气候有冷暖，眉眼看高低。这两天，文丰公寓老板张海山的脸蛋儿，如同霜打的葫芦，鼻子不像鼻子，眼睛不像眼睛。盯着我的后脑勺，一琢磨就是半天。我要开饭，他偏出屋。我要打水，他偏不理。好像欠了他多少钱，冤头冤脑的。我的心里有些怀疑，闷闷不乐地去了北平图书馆。

说也奇怪，今天阅览室里的人为什么这样多？人们争着抢阅今天的报纸，又保持沉默，显得格外紧张。我走到报架跟前，看见《北平晨报》的头条新闻，用特号铅字刊出惊人的消息："昨夜，日军炮击北大营，占领沈阳！"

在报纸的文艺副刊上，还发表了诗人罗慕华写的日军占领沈阳的杂文。

我惊呆了！

九一八事变的发生，真是平地一声雷，举世震惊。两天以后，从辽宁总站开来了106次列车，从前门车站下来了一批难民。我的朋友叶幼泉也随着难民九死一生地逃出来，亲身经历了这场苦难。他对我讲起"九一八"那天晚上的情况，真是惊心动魄。

"那天晚上，东大同学为了筹赈辽西的水灾，在食堂演了一场电影。大约10点钟的时候，外边炮声隆隆地响了起来。炮弹的弹迹就从东大的校舍上空穿过。我和几个同学上汉卿北楼遥望，见北大营火光冲天。这时，日本的敢死队已经闯进了北大营了。那一天是星期五，东北军发薪饷，也是部队的休假日，许多军官请假回家。王以哲又在沈阳同泽俱乐部开会，接到消息后，立刻给张学良打电话，张学良请示蒋介石，蒋介石回电话不让抵抗。士兵的枪还锁在仓库里，日本兵已经包围了北大营。沈阳就这样白白地断送了。"

"你没有回家看看吗？"

叶幼泉缓了一口气，说："事变的第二天，我冒着危险，回了一趟家。整个沈阳城被日本兵糟蹋得不像样子。我路过东北大学工厂，那里已经叫日本兵占领，挂上了日本的旗子。我经过工业区，工业区的警察岗楼被日本兵扎透，用刺刀捅死了六七个中国警察。我绕过辽宁总站，逃难的真是人山人海。有的丢了鞋，有的丢了包，有的丢了小孩；有的人坐在火车盖上，火车一开，就掉到地下摔死了，哭天喊地，实在悲惨。谁想火车到了绕阳河，又有胡子来劫火车。老百姓带的银钱手表，一扫而光……"

我听到叶幼泉对于九一八事变的血的控诉，感到又吃惊，又愤怒，又激动。民族的灾难已经降临到头上，首先降临到东北人的头上了。目前已经国土沦丧，未来的前途，不堪设想。我的头上仿佛挨了一记铁榔头，昏昏麻木，什么知觉也没有。我不知道怎样和叶幼泉告的别，怎样回到了文丰公寓的。

我一回到文丰公寓，就觉得这里是多么的消沉无聊。门口卖破烂的小贩打着小鼓，槐树上的蝉声吱吱不停，几个阔少大学生还在夜以继日地打麻将，还有他们从外面领来的野妓，为了寻欢作乐，唱着《四郎探母》。好像世界上什么事情也没有发生过，九一八事变和他们毫无关系。

茶房问张海山："老板，你看见《小小日报》上登的那条新闻吗？"

"什么新闻？"

"日本人占领了沈阳。住在北平西城的一个东北人，因为生活没有出路，投了护城河自杀了。"

"东北人太可怜了。"

"你知道，过去张作霖的大兵可邪乎啦。住公寓不给房租，坐火车不起票。你一看扁后脑勺的东北人，就当了免票。老百姓编了两句顺口溜：'后脑勺子是护照，妈拉巴子是免票。'这会儿该咱们看笑话了。"

听了公寓老板的讽刺，我的罗曼蒂克的幻想完全破灭了。想当作家吗？现实的生活是多么的严峻。我的腰里只剩下五六元钱，吃饭和交房租都成问题。我不能让张海山看我的笑话。投护城河吗？到景山上吊吗？已经到了死路绝境的地方，已经上了悬崖，简直无路可走。在绝望之中，我忽然想起了天津有一位王莲友老师，我在他那里还存有一笔稿费。刹那间，我的心胸突然开朗了，仿佛死疙瘩已经解开了。

五　天津暴动

9月底，我到了天津。

我已经很久没有见到王莲友老师了，想不到他的变化这么大。我记得他在新民文会中学教书的时候，是一个穷教书匠。穿着蓝布大褂，其貌不扬，矮个子，长得小鼻子小眼睛，从来不参加学校的活动，不显山，不露水的。因为会写新诗，得到同学们的尊敬。不晓得他在什么时候参加了国民党，现在已经是天津市党部的宣传部部长。当了官，掌了权，真是出人一头，高人一等。他穿着丝绸大褂，戴着金壳手表，拎着文明棍，到处指手画脚，咋咋呼呼，一副官僚的架子，使我大失所望。大概，他还没有忘记我们的师生感情，关心地问我说："你什么时候到了北平呢？没有见到罗慕华老师吗？"

我说："我没有见到罗慕华老师，但我在《北平晨报》的副刊上看到了他写的文章。"

王莲友说："你给我寄来的小说都收到了。因为《天鹅文艺》停刊，拿到别的刊物上发表了，你的稿费还在我这里，等过两天再给你拿稿费回北平。'九一八'以后，东北人的生活都非常困难。"

我在生活最困难的时候，真切地感到钱的重要性。但在老师的面前，又很腼腆，不好意思再开口。王老师为了表示对我的关怀，又加了一句："我们的《天鹅文艺》正找不到编辑。将来《天鹅文艺》复刊，你就做我们的编辑好了。"

一天，我在天津河北花园附近，忽然遇到了东大的同学陆一宁。他是教育学院英文专修科的高才生，和李英时是同班，和我也有一些来往。他广交朋友，本事很大，他住在天津难民招待所，却常常跑到北平，搞一些抗日活动。

陆一宁是个乐天派，他见我的面，总是开板就唱，一点也不愁。他对我说："九一八事变后，许多东北人悲观失望。我才不管那一套。一不投河，二不上吊。"

"你有什么想法？"

"眼下，蒋介石一心'剿共'，抱着不抵抗的政策。张学良也不能出兵关外，只有靠我们自己了。在龙江有马占山，在辽西有义勇军。我们趁这个机会，组织'九一八'剧团。一方面演戏做宣传，一方面把义演的收入募捐给义勇军，一举两得。只要通过你的王老师，给天津国民党党部呈文备案，事情就成功了。"

当我要找王莲友的时候，偏偏却找不到。食堂、办公室、宿舍，我都去过了，到处都没有。他一宿没有回家。第二天，他回到了办公室，就聚伙开赌，打起了麻将。四个人对坐，有两个是市党部的宣传部干事。另外一个人是王莲友的小舅子刘排长。他从沈阳北大营逃出来，想找王莲友谋一个差事；闲来无事，就打麻将消遣。

我坐在凳子上，一边看他们打麻将，一边等待机会提出备案"九一八"剧团的事。王莲友是个打麻将的老手，兴趣正浓，打牌、吃牌都能眼明手快，得心应手。不多工夫，他做成了清一色的满贯，又是坐庄，他高兴透了，说道："我坐了庄，想起有人编的一副绝妙对联。"

"什么对联？"

"我只记得上句，叫作：'本庄欲满清平，打出两张一万'。本庄是日本的本庄繁，欲满清平是想要满洲太平。两张是指张学良和张作相，一万是指万福麟。……"

"这副对联影射当前的时局，真是绝妙。可惜没有下联。"

"要是有人编出下联，可以到日本关东军本庄繁那里请赏了，哈哈……"

"听说本庄繁又来了天津，大沽口外又停了日本军舰，会不会再制造一个'九一八'？"

王莲友今天特别地高兴，一推六二五地说："这是国家大事。连老蒋都不管，我能管得着吗？今朝有酒今朝醉，活一天，乐一天，管他是张学良入清，还是本庄繁入清。只要我王莲友今天赢了满贯，明天就请你们吃天津'狗不理'包子。"

王莲友打足了八圈麻将，已经是深更半夜了。我陪着他回家，路上他问我说："你有什么事，找我好几趟？"

我提到陆一宁要组织"九一八"剧团给东北义勇军募捐，需要在市党部备案。

王莲友老于世故，沉默了半天，反过来问我："你了解陆一宁吗？他有什么政治背景？"

"王老师，他是我的东大的同学，是一个热情爱国的青年。"

我一再说明陆一宁的热情和爱国，王莲友也有些为难，只好通融一下说："让陆一宁写一份呈文备案，研究研究再说……"

不多工夫，我们到了王莲友的家里。他的老婆是一个舞马长枪的人，看见王莲友回家，不管家里有没有人，就闹翻了天："我以为你在路上碰见死鬼，死在外面了！"

王莲友很怕老婆，有气无力地解释道："我在外面会朋友，值得你这样小肚鸡肠的。"

女人不让分儿，吵得更凶："你是吃五马，想六羊，人心不足蛇吞象。你成天半夜不着家，逛窑子逛不够，还把窑姐的相片揣在衣服兜里。要不是我给你洗衣服，还蒙在鼓里。以后，你要钻狗洞，就别回家！"

刘排长听见王莲友两口子吵架，也从北屋走出来，给他姐姐帮腔，一时情势更乱成了一团。

我真后悔，我来到了本不该来的地方，听到了这些无聊的话。我离开了他的家，走到院子里，王莲友追了上来。不晓得出于什么动机，他说了一句真话："国民党腐败透了，没有前途……"

几天以后，陆一宁起草了一份筹建"九一八"剧团的呈文，在国民党天津市党部备了案，很久没有批示。我几次问王莲友，他一直推托，毫无结果。我想起那天他自己说的国民党腐败的话，对于批文也就不抱幻想了。后来，陆一宁积极地活动，印好了募捐的戏票，每张票价一元，由陆一宁和我去商店推销。我卖掉了一百张戏票，把钱给了陆一宁。因为卖票的收入太少，最后只给观众演了一场电影。

我和陆一宁从电影院出来的时候，看见街上行人稀少，店铺关门，小贩也不敢高声喊叫，人人的脚步都很慌乱，有一种紧张的气氛。突然，从曹家花园那里拥过来大批的警察，好像有什么情况发生了。我们走到国民党天津市党部门口，听到日本租界一带人声沸腾，枪声大作，可怕的战事又发生了。

正当我们惶惶不安的时候，刘排长迎面走过来，显得悲观和失望。

"土肥原又动手了，天津卫这回该交待了。"

陆一宁不满地说："中国有那么多的军队，为什么不敢还手？还是不抵抗吗！"

刘排长回答说："我听说中国和日本订过《辛丑条约》，只容许十五旅留下一个营，驻在曹家花园，其余移驻塘沽军粮站。日本的便衣队便过了金刚桥。"

我问："王老师呢？"

"天津保不住了，你的王老师坐火车去南京了。"

形势非常严峻，我和陆一宁在天津也待不下去了，应该毫不迟疑地回到北平去。

可是，天津的街上已经戒了严。

六　拘留所

1932年年初，我从天津回到了北平。

这时的我已经是两手空空了。原来我希望的能从天津拿到一笔稿费，可是王莲友一跑，这个希望已经成了泡影，而欠文丰公寓的房租又增加了砝码。

正当我困难的时候，张露薇和他的朋友王钟园来看我。

王钟园过去是东大理工学院的学生，和张露薇非常要好。后来考上了北平辅仁大学，参加了左联。近来，又要回东北去组织义勇军。他热情很高，对朋友也非常关心。他建议我离开文丰公寓，搬到东北大学去住。因为东北大学快要复学了，吃饭和住房都不用花钱。

第二天清晨，王钟园替我搬家来了。他很够意思，说了就算数。他动手帮我收拾东西。其实，我的东西很简单。一床直贡呢棉被，一床麻花褥子，几本杂志和稿纸，全部塞在柳条包里，还装不满。王钟园拎起柳条包就走，到了柜房跟前，张海山老板迅速地从柜房里跑出来，扯住了柳条包，拦住了我的去路。

"先生，你们出门拿东西，也不言语一声。"

我告诉张海山，东大将要复学，将来有钱来交房租。张海山阴沉着脸，一点不开情面。

"我们的公寓，向来都是一月一交房租，不带赊欠。哪有你这样的学生，一去天津两个来月，无影无踪。"

我解释说："我去天津拿稿费，谁想没有拿到。我搬到东大去住，以后有了钱，一定来交房租。"

"先生，你是灶王爷贴在腿肚子上，人走家搬。过去，你们东北人凭着后脑勺子当护照的年头已经过去了。我张海山不是好惹的。"

恶人先告状。张海山写了一张呈文，诬告我是携款潜逃的罪犯，把我传讯到北平内六地方法院。

法官是一个口笔邪神的老头子，瘦筋干枯的，像个大烟鬼。五十多岁年纪，穿着丝绸马褂，坐在太师椅上，慢声细语，打着官腔问案子。

"被告人姓名？"

"白晓光。"

"籍贯？"

"辽宁新民人。"

"社会职业?"

"大学生。"

法官看着呈文，仿佛在寻找我的罪状，无精打采地打着呵欠。

"被告人白晓光，你是个大学生，一个有学问的人，应该奉公守法。你为什么携款潜逃，触犯了法律条例?"

"法官，我是东北大学学生。东北大学要复课，我回学校上课，这是正当行为。并没有携带文丰公寓的款项，无所谓潜逃。"

我据理力争，法官被问得无言答对，又打了两个呵欠，审讯进行不下去。站在法庭上的张海山出来帮腔："先生，你要上大学，首先应该还清我们公寓的房租伙食费用。"

法官忽然有了精神，补充说："欠债还债，欠钱还钱，这是受国家法律保护的条款。"

我想到了"九一八"以来的遭遇，感情非常激动，大声说："我是东北人。'九一八'以来，国家采取不抵抗政策，东北同胞有多少人无家可归，我们的生命财产受谁的保护了?"

"被告人讲的是国家政策问题，与法律无关。"

法官对于我的陈述，认为与法律无关，只能表示个人的同情，坚持欠债还债的条例，把我放到拘留所监押。

那拘留所是一个变相的监狱。房檐很低，地皮潮湿，空气污浊，人声嘈杂，给人一种阴暗恐怖的感觉。它是下等社会的一个缩影。这里关押着五六十个犯人。有强盗、杀人凶手、小偷、妓女、流浪汉、大烟鬼、贪污犯、拐卖妇女的人贩子，还有一个性情耿直的洋车夫，因为拒绝拉日本兵去东交民巷，以妨害友邦罪被投进了拘留所。这里没有真理，没有正义，没有自由。我第一次体验到没有自由的痛苦。我真想大声疾呼："给我自由，我没有罪!"此刻，如果共产党组织暴动，我一定会报名参加的，打烂这个没有真理自由的拘留所。我望着走廊的外面，看见张海山在院子里悠闲地散步。

我大约在拘留所待了多半天，到了下午3点钟，又传我第二次过堂。押我出拘留所的是一名法警。他背着枪，带着传票，一路上紧跟在我的左右，恐怕我逃跑。我多么羡慕在街上自由行走的人们，我痛恨跟在我身后的法警。

法官照样是那副冷酷的面孔，严肃无情，高高地坐在太师椅上，拉长声说："被告人白晓光，你能否找到铺保，保证你日后交上文丰公寓的房租？"

"法官，我从东北流亡出来，无亲无故，一家商铺也不熟悉。"

"那么，你有不动产吗？"

当时，我还没有马上领会"不动产"的含义，略微迟疑了一下，没有立即回答。张海山却早就打好了我的主意，向法官建议说："他的不动产的东西，还有一床被子。"

法官明白张海山的主意，立即做出判决："破产还债，这是债务人对债权人应履行的义务。"

当天，我把被子押到当铺里，交足了房租，离开了文丰公寓。

七　火祭

1932年春天，我搬到北平彰仪门内的古物博物馆，准备到东大复学。古物博物馆的院内有几棵高大的桑树，春天抽枝发芽，青枝绿叶，形成一片绿荫。后院有两座大楼。博物馆的文物已经搬走，住上了从东北来的学生。由于还没有正式上课，人们常常到桑树底下散步。有一天，迎面走过来一名同学，胖墩墩的个子，大眼梢子，显得聪明能干。我看他很面熟，一时想不起他是谁了，他却先开口说："我是王国新，你不认识吗？"

我想起来了，他是我的文会中学的同学，比我高两级，后来考取了东北大学。多少年没有见面了，真是他乡遇故知，太高兴了。我们回忆起在文会中学的生活，怎样支持上海工人的五卅运动，怎样游行示威，和孟牧师做斗争，也议论到了王莲友老师。

"我听说你去了天津，见到了王莲友老师。他还写新诗吗？"

"你别提了，他现在变成了一个国民党的小官僚，完全变了。"

王国新对王莲友的变化并没有感到意外，胸有成竹地一笑，反问我一句："你知道他近来的变化吗？"

"不知道。"

"原来国民党天津市党部有三个帮派：一个是东北帮，以刘不同为首，王莲友是他的部下，他们的后台是陈立夫；第二个帮派是张厉生；还有天津的地方势力派。这三派相互钩心斗角，争权夺利，但不能妨害日本人在华北的势力。这次天津事件，是日本特务土肥原组织便衣队暴动，拉走了溥仪，有可能在东北建立伪政权。蒋介石屈从日本的压力，训令冀省主席王树常与日本司令香椎谈判，承认屈辱的三项条约：一、向日本道歉；二、取缔反日言论；三、中国先撤防御工事。"

王国新对于国家时局认识得很清楚，理解力很强，使我很钦佩。我俩散步的时候，他还告诉我一个新的消息：东北大学将要复学复课，校长张学良准备到学校给同学讲话。

当东北大学还没有在北平复课以前，人心很涣散，生活也杂乱无章。有的同学到清华北大借读，有的去奉天救国会去参加活动，也有的到国民党那里去领助学金，挥霍无度，到天桥去听大鼓，泡女招待。真是各行其是，无所适从。此外也有散布关于张学良校长的一些谣传的，确实需要整顿。

那天上午，张学良校长来到了古物博物馆。因为没有正式开学，找不到大礼堂，因陋就简，就把院子当成临时的会场。张学良站在凳子上讲话。他病后精神欠佳，面孔消瘦，在"九一八"以后，他受到社会上的压力很大，有一种难言的苦衷。他谈到东大将在北平复学，希望大家好好学习，将来有一天出关抗日，为国家培养有用的人才，也解释了不抵抗政策。他怕同学不满足，又强调做了说明："有人说，这次九一八事变，东北军不抵抗，丢掉了东三省，我张学良应负责任。东北是中国的东北，这是国家大事，我一个人能说了算吗？好像我捞到了什么好处。也有人说我张学良娶了一个日本老婆。自从皇姑屯惨案以来，先大元帅被炸，又发生九一八事变，国难家仇系于一身。要是我张学良娶了日本老婆，还算报仇了。"

自从张学良校长讲话以后，东大复课开始加快进行，到外校借读的同学纷纷回来报到，住宿的同学越来越多，大有人满为患之势。这对我的压力很大。如果我不能复学，住宿就成了问题了。王国新很替我着急，催促我说："你找找王教授，让他给你说说情。"

"我这个人从来没有托人说过情。"

我想起王教授曾说过"三大祸害"，说共产党是"红祸"，心里对他很反感。

"你不要太固执了。到哪河，脱哪鞋，等明天王教授来学校，我替你帮腔，你再上去搭话。"

第二天，我和王国新在院子里散步，碰到了王教授。他穿着藏青色呢子洋服，戴着礼帽，瓜子脸，高鼻梁，吊眼梢，大模大样，头也不抬，显得扬扬自得。好像没有看见我一样，大步流星往里走。王国新赶上和他说话。刚说了一会儿话。让我走到王教授的跟前。王教授盯了我一眼，不冷不热地说："我很久没有看见你了……"

我听王教授那种口气，带着轻蔑的语气，不由得引起了我的反感，也就不想回答他。他接着又问我第二句话："你离开学校，干什么去了？"

我听到王教授的第二句话，心里更是火上浇油，好像法官追问犯人的口供一样。他明白两个人都无诚意，于是敷衍着说："你还好吧？"

"对付吧。"

不等我说完话，王教授大步地向主楼走去。王国新无可奈何地走过来，批评我说："你真是一个万事不求人的人。"

我听了王国新的埋怨，心里想不复学的后果，也觉得有些后悔，那就自作自受吧。"九一八"以后，有多少东北人失学失业，有的丢掉了生命。在国难家仇之际，我能够安下心来学习教育心理学吗？

王国新的态度也缓和下来，通融地说："你的想法也对。你不在东大复学，我介绍你参加一个读书会。"

"什么读书会？"

"是反帝大同盟读书会。不能让外人知道。"

两天以后，王国新递给我列宁的《国家与革命》的小册子。

我偷偷地读了列宁的《国家与革命》，身上像点着了一把火，浑身发热，眼睛通了亮，头脑里升起了一个强烈的信念。那些挂着辉煌的招牌的国家机器，政权、法院、军队、警察，原来都是套在劳动人民的身上的枷锁。我回想起"九一八"以后的流亡生活，回想起文丰公寓老板的冷酷的面孔，回想起腐败透顶的国民党天津市党部的官僚机构，以及北平内六法院拘留所的奴隶地狱，我感到了愤怒，火炬在胸膛里燃烧，不由得从心头里涌出一首新诗《火祭》：

> 瞧吧！火山的决口喷出鲜红的木炭。
>
> 世纪的楼台，人的肉体，
>
> 谁说能架得住这魔火的烧炼？
>
> 任着暴风雨催着腥血的鳞斑，
>
> 任着烧天的辉霞扶了一条死亡的光线！
>
> 第三时期的宇宙也许有不规则的塌翻。
>
> 沙砾沉昏，罡风吹灭了日月的青焰。
>
> 古老的神州，走进崩溃的边缘。
>
> ⋯⋯⋯⋯⋯

我写完了诗稿，却找不到发表的地方。我想起了《北平晨报》的副刊，那是个刊登文艺作品的园地。我不认识那里的编辑，自己又是个无名作家，不敢去投稿。我也想起天津《大公报·小公园》副刊上，常常刊登署名蜂子的政治讽刺诗。听说他已经被捕，因为是一个共产党员。正当我踌躇不定的时候，有三位东大同学找我来了。他们是：张露薇、叶幼泉，还有东大附中的同学李政文。李政文主编《冰花》，和北国社的朋友有过交往。现在，他为了发展北方左联，把我们东大的三个同学作为发展的对象，并与我们商议出版个文艺刊物《文艺情报》。这样，我的诗歌《火祭》，也就有了发表的阵地。为了这件事，我和张露薇几次跑印刷所。由于没有印刷费，刊物一直没有出版。

人生的搏斗，真如大海的波涛，后浪推前浪。一波未平，一波又起。没有经费印刊物，东北大学近日又要复课，我不能在古物博物馆长期待下去了。吃饭和住宿都成了问题。最后的一条出路，只有回东北老家了。我想到，东北已经沦陷，有多少同胞在敌伪政权下当奴隶，遭受屠杀。在辽河的岸边，有我的父亲和母亲，我多么想看看他们，我也想亲身体验一下他们苦难的命运，这对我今后的创作一定是有用的。王国新也鼓励我说："你回东北去吧。不入虎穴，焉得虎子。"

八　国破山河在

1932年的7月，我从北平经天津坐船到营口，上岸后又坐火车，经沟帮子转道回到了家乡。

这次回东北，为了旅途的安全，我做了一些准备。我化装成一个印刷工人，不携带任何可疑的东西。我所以这么走，是因为日本人在山海关检查得很严，只好躲过山海关。

我从天津坐英国轮船北铭号到达营口，想不到在营口的海关也要检查。有一位学生模样的青年，因为用《大公报》包了天津的狗不理包子，被当作反满抗日嫌疑犯，当场被捕。

这是我第一次来到营口。市井并不繁华，殖民地色彩非常强烈，什么日本国际观光局，什么鸦片零卖所，什么大同旅馆，等等。住旅馆也要查铺。听说前天义勇军在大洼打了一仗，那个义勇军的头头是从北平来的学生，营口市一直在戒严。我想起了王钟园，暗暗地替他高兴。

我回到了家乡，对祖国的山河非常留恋和亲近。火车过了柳河沟，我已经望见了新民文会中学的教室的青楼。我不禁想起当年参加支援五卅游行示威的情景，旧日的同学已杳无消息。火车过了巨流河古城，遥望着北边的辽滨塔，南边的巨流河大桥，勾起我多少的回忆呀。

我进了村子，望见大门口挂着的阴阳鱼的药幌子、庄稼院的草房、方格的药架子和锡器的蜡台，就觉得十分亲切。药架子的两边贴着我离开家时的那副对联："药采天台随手放，半积阴功半养身。"爸爸是个老行手了，可生意却并不好。他戴的那顶台湾草帽已经用了十几年光景，省吃俭用，过日子一定很艰难。妈妈穿着靛青色的大襟布褂，卷盘头簪，头发半蓬松，显得没心落肠的样子。她猛然看见我回来了，又是高兴，又是难过，替我担惊受怕，激动得流出了眼泪。

"我盼星星，盼月亮，总算把你盼回来了。这样兵荒马乱的年头，你回来就是祖宗万幸。"

爸爸也非常高兴，点着火柴，抽着小燕牌的香烟。他讲起日本兵占领沈阳以后，由于我杳无音信，几次给我算命摇卦。算命先生说，我是正月十八日生的人，命里占三奇，男占三八骑大马。金生水。到了夏天，子孙爻动，过了这一坎儿，就不怕了。

我在家里是老大，还有二弟永太，三弟永谦，胞妹白珩。他们都在学校读书。他们看见我回家，都非常亲热，围前围后，问长问短。问我在北平为什么不给家里写信，问营口的日本人检查严不严，路上是否遇到了胡子。他们都天真烂漫，幼稚可爱，却不大理解这块土地已经变了颜色。我和弟妹亲热地唠着，却忽略了久别的妻子徐秀兰。我俩是家庭包办的封建婚姻，她比我大五岁，既不般配又没有共同语言。我回不回家，好像对她也无所谓似的。我真后悔，不该回家了。

晚上，我有意留下永太在身边陪我唠嗑。谈乡下的几门亲戚，谈新民文会中学，一直到了深夜。妈妈觉得不放心，从里屋走过来，责备永太说："好不容易把你哥哥盼回来了，你一点也不懂事。"

正说话的工夫，忽然听到大街上吵吵嚷嚷的，狗汪汪地叫着，枪也响了。过了一会儿，我的六叔从家里跑来，给我通风报信。说是村西二里地的景家屯进来了胡子，正在抓人绑票，说不定胡子会到弓匠堡子来。他一边让永太快拿枪到更房子去打更，一边让我离开家，躲到他家的碾坊。那碾坊的大梁上搭着篷子，可以躲藏人。六叔对我说："你先在这儿躲一夜。这个兵荒马乱的年头，庄稼人有什么办法。你爸爸是个老实人，连大烟鬼也欺负到你爸爸头上。他拔掉了你家的药杆子，押到高丽大烟馆，用五元钱才赎回来。你要能混个一官半职，替你爸爸立起门头，日子就好过了。"

六叔是个穷庄稼人，一向给地主扛年造、做月工，家里缺吃少穿，却愿意帮助亲戚好友。过去，每年东北大学开学，总是六叔替我背着行李，送到火车站。这次回家，又是他掩护我，在他家里住了一夜。

早上，弟弟永太背着套筒枪从更房子回来，才知道事情的真相。昨天夜里，一绺报号海龙的胡子离开沈家岗子河套，到景家屯打响窑，绑走了地主郭学。因为大团团长白寿彭回家打了一夜麻将，胡子才没敢到弓匠堡子来。老百姓说："这叫作麻秆打狼，两头害怕。"

就在这一天，弓匠堡子村里敲锣集合，摊下了一大笔官钱。村长抽足了大烟，说道："这次摊下的官钱，有村公所的办公费九元，二署治安费二十元，修警备道用劳工六十个，祭庙费八元，还有看青的劳金，报水灾招待费二十元，大团的伙食补贴费。不是大团掩护我们，胡子早就打进来了。……"村长囫囵吞枣，企图浑水摸鱼。一些小门小户的拿不起官钱，在下面叽叽喳喳地议论着。还是六叔心直口快，挑明说："村长，我有话说在明处。那报水灾的招待费是白搭。

二十元能买半个猪。庄稼人照样到县里呈上亩捐钱粮。"

伪满的苛捐杂税，逼得庄稼人走上了一条斗争的道路。对我来说，生活给我上了阶级斗争的一课。我的真正老师，是六叔和舅舅。

有一天，舅舅沈福芝和表弟沈奇明来我家。舅舅省吃俭用一辈子，连一根秫秸棍都舍不得扔。沈奇明心直口快，一进门就讲起他家的沈家岗子已经成了胡子窝。海龙的手下有个炮头，外号叫李老疙瘩。为人生古，六亲不认，打响窑，绑肉票，祸害女人，无所不为。舅舅无处安身，只好卖了驴，躲到弓匠堡子来。他心里很不服气，常常含沙射影地说："男子大丈夫不蒸馒头，还要争口气呢！男子报仇，三年不晚，看它'满洲国'能存在几年。"

沈奇明暗地告诉我说，他已经参加了平东洋的义勇军。义勇军不绑票，不打老百姓，专打日本鬼子。他给义勇军当交通，只差手里没有快枪了。

在日本侵占东北的时期，统治逐步地严厉。在城市强调治安强化，在乡下修警备道，抓国事犯，没收民间的枪支。当时，安东（今丹东）有一位小学教员，为了抗日，找到北平的奉天救国会，带回来一张反满抗日的传单。日本宪兵逮捕了十几个教员。后来，平东洋义勇军转移到辽河北，表弟沈奇明也没再买快枪。

妈妈很担心我的安全。我读的书籍，大都属于思想犯的范畴。像郭沫若的《女神》，柯仲平的《风火山》，蒋光慈的《鸭绿江上》《短裤党》以及《太阳月刊》《拓荒者》等。我也喜爱读一些中国的古典作品。我最爱看的是《水浒传》，喜欢武松、李逵那些英雄人物。特别当我读到江州劫法场，真觉得大快人心。

1932年的秋收季节，舅舅和表弟又回到沈家岗子去。因为他家种了两垧高粱和黄豆，还是庄稼要紧。舅舅是一个细心的庄稼人，打完了场，他还有许多零活。可是立秋那天，沈家岗子又遭了一场灾难。日本守备队在辽河套和平东洋义勇军又打了一仗。农民暗中帮助义勇军，把日本守备队引进了埋伏圈，打死了日本守备队的山崎小队长。

日本守备队为了报复，抓住了大团团长白寿彭，说他勾结义勇军，把他活埋在铁道沟旁。

正当白色恐怖来临的时候，我的朋友王钟园来了。

王钟园的突然到来，唤醒了我的回忆，唤醒了我的勇气。我在东北大学的时候，就读过他在《新民晚报》上发表的小说，使我对他很钦佩。那年我离开文丰公寓，是他帮了我的忙。我回东北的路上，在大洼就听说在盘锦的苇塘里藏着义勇军，就和王钟园有联系。现在是1934年的春天了，芦苇还没有长高，不适合义勇军的活动，在斗争的方式上，也应相应地做一些变动。

"钟园，我们到外边散步去吧。"

我俩离开了家，走到村外。刚过了清明，绿草发芽。到了铁道旁，有一处坟圈子。一个新坟上培了土，上面还落着烧纸的残灰。我告诉王钟园，这里被日寇活埋的是我的邻居大团团长白寿彭，因为他沾上了一点义勇军的嫌疑。

王钟园从衣服里取出小型的照相机，对准坟墓照了相。感情激动地说："日本宣传'满洲国'是王道乐土，我的这张照片，就是历史的证据。"

我劝告王钟园："咱们回去吧，前面就是长山子了。"

"咱们不到长山子去走一走吗？"

"你不知道，长山子的北头，就是巨流河大桥。附近有日本哨兵把守。遇到日本兵，就倒了霉。一个月以前，我到新民去看东大的同学李英时，回来的时候，走到班家屯道口。我忽然发现铁路上有一伙日本兵在那里放哨，幸而我发现得早，从铁道旁绕弯子跑掉了。"

"这太危险了。你说的李英时，不就是在《北国》上写《文学与阶级》的那位作家吗？"

"就是他。他现在在北满做地下工作。"

王钟园热情地告诉我说："我忘记告诉你一个好消息，你写的诗歌《火祭》，已经在北平的左联刊物《文艺月报》上发表了。1933年的《中国文艺年鉴》上还发表了评介文章，称它是1933年中国诗坛上最好的一首诗。"

王钟园给我带来了好消息，也给我勇气和信心。他坚决地鼓励我说："你应该回北平去！"

"我一定要回北平去。东北老家已经待不下去了。"

太阳快压山了。我送王钟园到兴隆店车站向另外一个地方转移。临分手的时候，他给我留下二十元钱。我已经有了路费，到北平去不发愁了。

我下定了决心：不管过山海关有多么危险，我也要到北平去。妈妈知道了我要离开家，也不知道什么时候才能回来，饭也吃不下去。爸爸自然也是不希望我离开的。但我没有正当的职业，在伪满这里又很危险，只好听之任之。

舅舅非常慷慨，他折断了秫秸棍，从里面抽出二十元钱，毫不吝惜地对我说："你去北平闯荡吧。我不图你升官，也不图你发财，只要你能找到抗日的门路，就是替中国人争口气了。"

九　安身永安观

1934年的春天，我第二次流亡到了北平，住到了张露薇的家里。我们有两年没有见面了，他发生了很大的变化。在我离开北平的时候，张露薇参加了北方左联，编辑左联刊物《文艺月报》。我的《火祭》那首诗歌，就是他送到刊物发表的。后来，国民党的宪兵三团到了北平，制造白色恐怖，逮捕左翼作家，杀死了洪灵菲。他回到了东北家乡宁安避难，在县女中当教员，和一位叫胡琴的女学生恋爱。不久，就和胡琴结婚了。他又回到北平时，已经建立了一个幸福的家庭。他穿着洋服，住着阔气的公寓，正是青云得志。他因为上了清华大学，认识郑振铎教授，能在上海的《文学》上发表文章，也翻译了莎士比亚和高尔基的作品。他的知名度高了，地位变了，就逐渐流露出高人一等的骄傲情绪。他对我还是非常热情，保持着老朋友的关系，介绍我认识了清华大学的吴组缃，从当铺里赎回了我的被子。张露薇盛情地说："你初到北平，没有地方住，就住在我家写稿子吧。"

胡琴也慷慨好客，热情地对我说："你们是老朋友了，张露薇常盼望你回北平，你们一起办文艺刊物。"

友情归友情，让我睡在一对新婚夫妇的房间里，真觉得太别扭了。有一天，邮差送来了一张请帖，是北平一些知名的作家举行的聚餐会。我是刚回到北平的无名作家，张露薇怕影响我的情绪，以朋友的名义请我吃饭，地点在颐和园。另外又邀请了王钟园和一位清华的同乡李秉忱。

当我和张露薇坐车来到颐和园停车场，很久也不见王钟园的影子。张露薇等得不耐烦了，在停车场上散步。过了一个小时，王钟园才到来。

王钟园来了就说："真是对不起，我来晚了。"

张露薇说："你来晚了，今天罚你请客。"

王钟园一再解释说："今天，我家来了一位朋友。下次一定请客。"

张露薇一口咬定："不，你今天一定要请客。"

"我今天没带钱来。"

"我不管你带没带钱。"

"我王钟园可以请客。你要抓我的大头，我可不干。"

两个人吵僵了。张露薇的自尊心很强，吵得脸红脖子粗，不肯让步。王钟园也觉得受了损害，生气地走了。过了一会儿，当李秉忱从清华园到这里的时候，这件不愉快的事已经过去了。

李秉忱也是一位左翼作家，热情活泼。我和他虽是初次见面，却是一见如故。午饭后，他约我到清华园去参观。一进清华园的门口，迎面是绿树葱葱，流水淙淙，使人有水木清华的感觉。马樱花围绕着大礼堂，后面是红楼宿舍，他就住在那里。

"李秉忱，你住的地方太漂亮了。"

"你看这里好，就搬到我的宿舍来住。同屋的那个同学已经外出，空下一张床。"我觉得和张露薇住在一起很别扭，就默许了。

李秉忱对我坦率热情，我们都是从东北流亡出来的，命运相同，又都喜欢左翼文艺。我们谈到鲁迅和高尔基。以后，他又给我介绍了清华的几位同学，他们是赵得尊、王瑶、魏东明，慢慢地我们都成了朋友。

有一次，我和李秉忱谈到了张露薇，说起上次为请客闹得不愉快的事，李秉忱坦率地说："张露薇太自尊，太骄傲。现在又娶了一位贵族小姐，生活要求也高了，怎么也得不到满足。有一次我到张露薇家里去，正赶上他在赶写一篇稿子。胡琴没有事干，让我陪她到颐和园玩。我怎么陪得起。她的父亲是吉林的一个大地主，财大气粗。前清的时候，她父亲可以买通太监，逛皇宫像走平地一样。"

"前几年，张露薇参加左联的时候，思想还是很'左'的。"

"你忘了鲁迅在左联成立大会上说的：现在的左翼作家，是很容易成为右翼作家的。"

那天晚上，我又受了一次罪。快到睡觉的时候，李秉忱同屋的那个同学突然回来了。我只好让位，跑到赵得尊那里去借宿。不料事有凑巧，赵得尊的同屋同学也回来了。当我非常失望的时候，忽然想到清华园的湖畔搭着帐篷。帐篷里放着一张空床。上面还有枕头被子。我到了帐篷里，幸好还没有住人，我就囫囵地躺下了。听着湖畔的青蛙的叫声，听着风吹树叶的声音，渐渐地就听不清楚了。大概过了半夜，天上下起了雨，雨点打在帐篷上，淅淅沥沥地响着。接着，有什么人走进了帐篷，打着手电筒。透过光线，我看见是一个大个子钻进来，我明白是主人回来了，我只好又回到清华宿舍，坐到楼梯上等到天亮。天亮了，宿舍的门开了，我的朋友李秉忱站在我的眼前。他很吃惊地说："你夜里在哪儿睡下了，我领你找个地方吧。"

李秉忱领我去的地方在清华园的正东，叫"西柳村"。村里有一座叫"永安观"的古庙。庙殿东侧有一间阴森森的祠堂。住持庙宇的老道为了多一笔收入，把这个祠堂向外出租，每月房租一元。屋里有一张床，一张书桌，两只凳子。环境偏僻，警察也不会注意这个地方。有了这个安身之处，我就心满意足了。

住在庙里的头一夜，我睡得很甜。早晨醒的时候，太阳已经爬上祠堂的窗户。这时，外面有人敲门了。想不到是叶幼泉突然出现在我的面前。

叶幼泉给我带来的是新的希望。他的左联朋友老裴，是一个积极的社会活动家。他们想办一个《中国新报》，想通过叶幼泉让我们给报纸提供文艺稿件。约我们几个人在一起开个小会谈谈。

那天，我到叶幼泉的住宅去，心里还在琢磨：这个老裴，可真是个神秘的人物。他绝不是一般的左联成员，恐怕是一个领导人吧，我走向后院通道的时候，碰到了胡琴。她并没有看见我，自己在那里不满意地嘟囔："人家不愿意去，你还硬拉。舍命陪君子，我们可陪不起。"

那次张露薇没有到会。到会的只有三个人：我、叶幼泉、老裴。老裴是一个老练的地下工作者，高高的身材，瓜子脸，沉着冷静，思想联系实际。他从国际国内的形势谈起，从希特勒法西斯讲到了蒋介石的卖国政策，讲到日本兵已经侵略到华北，使我真切地感觉到山雨欲来风满楼的形势。

十　左联在什么地方

参加了那次会以后，我专心地写文章。

自从搬到西柳村永安观以后，我的生活开始有规律。早晨7点钟起床，在院子里做早操。上午写作，中午到清华园外一家小切面铺去吃饭。这家切面铺是专为洋车夫准备的，又省事，又省钱，对我非常合适。吃半斤大饼，一碗豆腐汤。一天两餐，大约花二三十个铜板。

因为我的稿费收入有限，如果开支过大，下一顿只好吃红薯来充饥了。午饭后，我照例到圆明园的废墟去消遣，一面散步，一面构思创作。那天，我从切面铺出来，恰好遇到李秉忱。我们一起散步，谈心。

李秉忱问我："你最近到张露薇那里去过吗？"

"我在家里写文章，大约有半个月没有去了。"

李秉忱告诉我，就在这半个月，张露薇两口子吵了架。胡琴因为娘家有钱，忽然异想天开，想到日本鹿儿岛去留学，想镀镀金，玩玩票。谁想出国以后，生活不习惯，语言又不通，于是没有告诉张露薇，就突然又回了国。这时候，胡琴发现了她从来不知道的一个秘密。因为在张露薇的书桌上压了一个漂亮女人的照片，胡琴闹翻了天，扯了相片。

人家两口子吵架，是我向来最不爱管的事情。我们改变了话题。李秉忱关心地问我说："那一夜，你离开了我的宿舍，到哪里去住了？"

"不要提了。一个流亡者，我真正体验到无家可归的滋味。我也明白了什么是无产阶级。"

"无产阶级，本来就是一无所有。比如左联，就是无产阶级的一个细胞。"

我听到了左联，神情兴奋了起来，问："左联在什么地方？"

"清华园里就有左联组织，你愿意参加吗？我可以当你的介绍人。"

"我愿意。"

一个星期以后，在清华大学的宿舍里，为我举行了参加北方左联的仪式，和我同时参加左联的还有一位姓蒋的河南同学。清华的老左联当时有六七名，大半我都熟悉，李秉忱、魏东明、赵得尊是左联负责人。那天开会没有见到他们。还有三名同学：牛萨冠、郑继桥、王瑶。我和王瑶一起在清华办过文艺刊物《新地》。还有我认识的蒋南翔，我的许多稿子是通过他在《清华周刊》上发表的。我的母校是东北大学，现在，我又认识了清华的左联朋友，感到非常温暖。

我长期过着流亡生活，自由散漫惯了。自从参加了左联，才慢慢地加强了我的组织观念。

一天晚饭后，李秉忱告诉我一个秘密：明天（1935年12月9日），北平各大专院校将举行一次游行示威。今晚7点钟以后，要临时开一个预备会议。让我准时参加。

那次预备会议开得很紧凑，气氛也很紧张。绝大多数的清华同学我不认识，真是群情激动，灯火通明。可以预见到明天的游行将是一场严肃的斗争。主持会议的清华同学也很兴奋，拉大了嗓门儿，瞪大了眼睛，用一种高亢的声音鼓动说："同学们，自从'九一八'以后，由于国民党采取不抵抗政策，日寇步步进逼，占领沈阳，进攻锦州，进占山海关，吞并热河，又侵略到华北。日本兵进驻丰台，日军包围二十九军冯治安部队，勒令缴械。过去，我们清华大学还挂着一块'九·一八纪念堂'的牌子。现在，连那块牌子也给摘掉了。我们还要退到什么地步?!"

许多人一条声地叫喊，像是打雷："我们再也不能退让了。我们举行游行示威!"

又有一位同学高呼："主席，我有一个建议。在游行之前，首先检查我们的队伍是不是纯洁，是否混进来什么分子!"

清华大礼堂的气氛显得更紧张了。大家都默不作声，敏锐地观察对象。这时间，我感到了有一种压力。因为我不是清华的学生，但我到清华的图书馆去看书，在《清华周刊》上写稿，一个没有学籍的流浪汉，算不算混进来的什么分子? 正在我自己紧张的时候，李秉忱从远处的座位上走到了我的跟前，来做我的保护人，我才落了底。事情终于真相大白。有两位校外的同学，自称是来听学术报告会的，由于误会，自动地退出会场。散会以后，我对李秉忱说，明天的游行，我准备参加东北大学的队伍。因为那里我熟悉的同学比较多，便于照应。

12月9日那一天，我从西柳村出发，沿着平绥路走到西直门。想不到西直门已经戒严，城门关得紧紧的，里外不通，警察全副武装，持枪巡逻，不许行人靠近城门。清华和燕京的游行同学都被阻在城外，短时间绝不会放行。我只好绕过西直门，进了德胜门。到了新街口，才知道东大的游行队伍已经离开了学校，闯出了校门，向着西四牌楼冲去。隐隐地听到前方人群沸腾的声音，零乱的脚步声，狂热地喊口号的声音：

"反对华北自治！"

"打倒日本帝国主义！"

"枪口对外，齐步向前……"

这是发自人民心底的声音，这是中华民族进行曲的大合唱。多少年来，只有今天，我才听到了这种正义的声音，心里非常激动。

我走过新街口，到了北沟沿东大宿舍，遇到一位东大的骑自行车的交通队员，才知道真实的情况。按原来的计划，城外的清华和燕京的同学，进城和东大的同学会合，作为第一路，走到中南海向何应钦请愿。可是，情况发生了变化，燕京大学被警察包围了，清华进城的大汽车被扣押了，西直门又关闭了。东大的队伍再也不能等待，于是冲出北沟沿宿舍，上了大街，又会合了法商学院的同学，壮大了队伍。沿街散发传单，呼喊着口号，摇着旗帜，人流涌动。在西四牌楼一带，唱着雄壮的歌："枪口对外……"

半路上，我碰到了东大同学纪灵钧。他也爱好左翼文艺，和我很熟，常用"吉旅"做笔名写一些文章。他参加了游行的队伍，刚才和警察进行了厮打，鼻子和眉毛上都是白灰。

"老纪，你这是怎么了？"

纪灵钧说："别提了。咱们东大同学冲到西四牌楼时，已经是筋疲力尽了。想不到又从胡同里冲出一队警察，拿着步枪，插着白亮亮的刺刀。警察叫了号，摆出了刀刃，怎么办？大学联合会的几个头头都很坚决，老郑、小关、宋黎、董学礼……董学礼当时就叫上号：'同学们，警察上了刺刀，咱们怕不怕刺刀？'"

"不怕！"

"东大同学铁了心，瓮声瓮气地喊着。胳膊挽着胳膊，一直向前走。挺着胸脯，从刺刀底下钻过去。警察看见刺刀不灵，便衣队便上来抓人。拿着棒子，逢人就打。杨大个子挨了一棒子，王景元和警察厮打了几个来回，被抓走。另外一个警察去抓俄四的女同学。我看情形不好，撒出预先准备的石灰粉，才把俄四的几个女同学救出来了。"

纪灵钧善意地劝告我说："你不要再到前面去了。万一你叫警察抓住，就不好保你了。"

"一二·九"以后，我又参加了左联的一次秘密活动。由于活动的机密，我又搬到李秉忱的宿舍里去住。大约夜里3点钟，他把我叫醒，还有和我一起参加左联的那个姓蒋的同学。我们三个人，带上传单，出了清华校门，向东一拐，穿过平绥路，影影忽忽地走进了村子。村西头有座古庙。原来，我又回到西柳村来了。夜深人静，鸦雀无声，我们把传单撒在街上，怕被风刮跑了，又压上了砖头。

三天以后，我又回到了西柳村，准备再写文章。这时，我已经写完了长篇小说《登基前后》的初稿，又开始写关于一二·九运动的千行长诗《故都进行曲》。我的创作热情很高。随着革命形势的发展，胸中的激情也在奔腾不已。

我在永安观里还认识一位清华园的油漆小工。他是河北省人。日寇占领了山海关，他从家里逃出来。他挣的钱有限，又受工头的克扣，和我很熟，无话不谈。他关心地问我："先生，这几天你不在家，可热闹了。"

我故意问他："有什么新闻吗？"

"北平的大学生都出来游行示威。"

"你在西柳村，怎么知道北平大学生出去游行？"

"不，咱们西柳村也有人撒了传单。"

"你说该不该撒传单?"

"日本已经占领了丰台。不游行示威,早就当亡国奴了。"

"对!"

"先生,你要把我写成小说吗?"

"我已经把稿子交给了《清华周刊》的一个朋友,他说月内就可以发表。"

几天以后,我又去了清华园,想找王瑶谈谈关于稿子的意见。刚走到学校门口,就发现有些异样。往日穿梭的人群稀少了,洋车和自行车也不见了,显得有些清冷。一辆警车停留在校门的左侧,有两名持枪的警察在那里看守,机警地观察着行人。我的神经感到了一种紧张,有一种危险感。可是事情已经到了这个地步,如果我退回到西柳村,一定会引起警察的怀疑的,甚至被捕。索性闯一闯吧。我咬着牙,下了决心,装得满不在乎的神情走过去。当经过警察的跟前时,真觉得心都凉了。

在大礼堂跟前,一个人从树荫下钻出来。这个人就是和我一起撒传单的河南老蒋。他惊异地向我发出警告:"你怎么来了?太危险了!"

"我找王瑶。"

"王瑶被捕了。另外还有十几个同学,衣服上都挂着'政治犯'的布条。你要赶快离开这里。"

我问:"前门能出去吗?"

"前门检查很严,你跳后墙吧。"

真是万幸。我走到清华园的后墙,恰巧那里有一把椅子。我蹬上了椅子向外看,那里是清华园的花圃,没有警察巡逻。我赶快跳下墙,钻进了柳树林子,脱了险。

十一 《文学导报》与生意经

我来到北平以后,在清华园参加了左联,才算是有了一个家。

但左联也不是一个安乐窝，它里面也有矛盾和斗争。在革命阵营的外部，有国民党的反动围剿，而内部的各种意识形态的分歧，有时也会转化为外部的矛盾。每个左联盟员，都要接受实际斗争的考验。我加入左联以后，就遇到了这样的一次考验，或者说是一次斗争。这次斗争竟引起了茅盾先生的注意，使我终生难忘。

　　在左联刚成立的时候，鲁迅先生曾发表了一篇《对于左翼作家联盟的意见》的文章，一针见血地指出："我以为现在，左翼作家是很容易成为右翼作家的。倘若不和实际的社会斗争接触，一碰到实际，便即刻要碰碎了。"当时我以为，左翼作家在进行着一种崇高的文学事业，怎么能碰碎呢？还不大理解，但随后不久我就懂得了这一点。

　　当时，我和张露薇、叶幼泉等流亡的东北文学青年都极为痛恨国民党的不抵抗政策。我们流落在北平的街头，一起在地摊上吃过饭，一起到北海图书馆看书，宁可不领国民党的助学津贴，也要追求李大钊走过的道路。为了真理，为了生路，我们相继参加了左联，一起编辑左联的文艺刊物《文艺情报》。我的长诗《火祭》已经写出来了，想在刊物上发表。我们跑遍了前门外的几个印刷所，因为凑不足二十元的印刷费，刊物一直没有印出来。后来，形势有了好转，北方左联出版了《文艺月报》，使我的《火祭》得以在《文艺月报》上发表。以后，又出版了一个刊物《文学导报》。《文学导报》的核心成员，也就是我们在东大办《北国》的这几个人：张露薇、叶幼泉和我。主编是张露薇，叶幼泉管财务和对外联系，我负责出版印刷。

　　《文学导报》出刊后，销路很好，订户不断寄款来。张露薇收到订户的款，就大手大脚地花，也不记账，好像刊物成了他个人的财产，个人赚钱的工具。他自己在刊物的第一期上发表了四五篇文章，个人主义不断膨胀，狂妄自大，总觉得高人一等，和左联的朋友们渐渐地疏远了。有一次左联的老裴找我们三人开会，张露薇竟没有出席，独行其是。

　　在20世纪30年代，作家谋个职业很难，出书更难。有一次，我找到了一个所谓的职业，就是做某小报的副刊助理编辑，帮人家看稿。地位极低，工薪极少。我索性不拿工薪，只要求报社的印刷所答应给我印一本诗集，名叫《第三时期》。诗集很单薄，我却寄予了很大的希望。为了校对诗集，我一遍一遍地跑印刷所。当我最后一次校对时，竟意外地发现诗集的前面多了一篇张露薇写的序言。他借写序言的机会，进行自我吹嘘，并且事先没有告诉我。这种强加于人的手段是这么卑劣，我感到吃惊和愤怒。一气之下，我把张露薇的序言撕碎了，诗集也撕碎了，也不准备出版了，我和那个小报社也断了来往。

尽管如此，由于我们是在一起办《文学导报》，我为了顾全大局，采取了忍让的态度，没有宣扬出去。后来，当我发现张露薇侵占《文学导报》的款项，大量挥霍订户的汇款时，我就再也忍不住了。因为我们那时都知道，左联为了办刊物筹款有多么困难。有时为了一分钱，和印刷所的老板讨价还价。我找了一个机会对叶幼泉说了这件事，不想叶幼泉却告诉我一个更坏的消息："张露薇还攻击鲁迅，你知道吗？"

我大吃一惊："不知道。"

"你看看他在天津《益世报》上的这篇文章。"他指给我说。

张露薇在天津《益世报》上发表了一篇叫《略说中国文坛》的文章，恶毒而狂妄地攻击鲁迅先生，文中说："中国作家庆祝高尔基四十年创作生活的时候，中国也有鲁迅、丁玲一般人，发了庆祝的电文。这自然是冠冕堂皇的事情。然而，那一群签名者有几个读过高尔基的十分之一作品？……中国的知识阶级就是如此浅薄，做应声虫有余……"对此，鲁迅先生在《"题未定"草》中，对其加以揭露。

我对张露薇的行为非常震惊和愤怒，禁不住说："真是恶劣透了！"

叶幼泉气愤地加了一句："他完全丧失了左联盟员的立场，是个投机分子。我们不能再姑息了，看来，我俩要和他分道扬镳了。"

我说："我赞成。要么张露薇退出《文学导报》；要么他留在里面，我们退出去，另起炉灶。绝不妥协。"

记得是在1936年的夏天的一个晚上，就在张露薇的住宅的走廊的外面，我和叶幼泉对张露薇展开了面对面的斗争。我们批评的重点有两点：1. 侵占《文学导报》的款项问题。2. 攻击鲁迅先生的问题。希望他能够做出回答。

夜色寂寂，电灯光照得张露薇的脸孔惨白。他沉默很久，没有出声。他想解释吗？事有事在，这是解释不掉的。承认错误吗？这不是他的性格。他很狼狈，嗓子沙哑，在退却中还不肯示弱："你们准备让我怎么样？"

叶幼泉坚定地说："对于你的行为，说什么也不管用了。目前的问题是，《文学导报》必须办下去，但必须改组。要么你退出《文学导报》，要么我俩退出《文学导报》。"

张露薇觉得孤掌难鸣，只好退出了《文学导报》。《文学导报》实现了改组，第四期以后，由我和叶幼泉把《文学导报》又继续办了下去。

后来，张露薇跑到了上海，冒充《文学导报》的特派员，偷领了《文学导报》第四五期合刊的全部代售款。我们在上海的《申报》上和《文学导报》第六期上都登了一则广告，揭露了他的欺骗行为。此后，在另一个左联刊物《黎明》的"编后记"中，有一段记载，也可以看出这场斗争的一些蛛丝马迹，我把它引录如下：

编后记：

我们的刊物《黎明》的延期，主要原因是经济上发生了意外。至于所说的这个意外，并不是编者会把现成的款私自花去了，也不是一时失神被梁上君子给移用了，而是，我们的一部分款，以信用挪借给《文学导报》暂用。可没想事情就发生在这里。听说有某张露薇者，据说也是个从事文学的，以什么"特派员"的资格把《文学导报》那笔存沪某杂志公司的指望给冒名取走了。……

以后，张露薇改名为贺志远，和上海的第三种人混在一起，站在了左翼文学的对面，越滑越远。

我们和张露薇的这场斗争，以及张露薇的表现，引起了茅盾先生的关注。在关键的时刻，他写了文章，以正义的大是大非的立场说了话。他在1936年上海的《文学》上发表了《文学导报与生意经》的文章，旗帜鲜明地赞扬了和张露薇做斗争的"几个青年作家"的坚定立场。他指出，我们和张露薇之间的一个重要区别就是，一个是为了革命事业，一个是为了生意经。

《文学导报》改组以后，我意识到需要加强对刊物的领导力量，最好是请一位党员作家来当主编。但是，我不是党员，到哪里去找党员呢？一次，我去参加一次北平的作家会议，半路上遇见了路一。他是老左联盟员，对人非常热情，还留我在他的住处吃饭。一斤大饼，两棵大葱，两碗白开水。饭菜很简单，却很实惠可口。我心里暗想，这才是无产阶级呢，他准是个党员。当时，我向他建议，请他也来当主编，刊物由我们两个共同负责。路一略假思索，说："我需要和朋友商量一下。"后来才知道，路一提到的朋友，就是中共北平市委宣传部部长周小舟同志。

后来，我向北方左联的领导人孙席珍做了一次汇报，把《文学导报》置于中共北平市委的领导下，增加了新的力量。主编由我和路一负责，新编委有季里、艾路、张霁中、石果、孙快农等人参加工作。特别是孙快农，他既是领导，也是朋友，在政治上他支持我们和张露薇的斗争，在经济上他尽量帮助我们解决刊物的印刷经费等困难。刊物能够解决印刷的经费，继续出版，主要是他想的办法，可他却从来不露姓名。

《文学导报》改组后，内容更加充实和进步。《文学导报》第四期上发表了我的长篇小说《登基前后》和路一的中篇小说《折磨》，都是事先经过周小舟同志审查后，又拿到刊物上发表的。当时，《文学导报》还得到了东北救国总会的于毅夫、汪之力，以及左联朋友的支持，这些都是不能忘记的。

围绕《文学导报》的这场斗争，是我在北平从事进步文艺时受到的一次严肃考验，是我终生难忘的一件事。

十二　孙快农

1936年的夏天，我搬到北平德胜门里的一座古庙住，邻居是孙快农。

孙快农是辽宁省黑山县陈屯人，东北陆军讲武堂毕业，曾在洮南做过营长。在洮南他认识了一位苏联朋友，接受了进步思想。九一八事变以后，他回到黑山老家开始组织义勇军，担任了义勇军的旅长。他带着上百人的队伍，打下了西岗子警察所，缴了敌人的械，又带着队伍平安转移。后来他又来到了北平，从事着秘密的地下工作。他给我讲起在东北组织义勇军的这段经历，真是讲得有声有色。

当时组织起来的辽西义勇军爱国的热情很高，成分却很复杂。有从北大营溃退的东北军，也有一些二八月的庄稼人，有会造快枪的洋铁匠，也有一些地主成分的人。打着义勇军的旗号，实际为着自己的实惠。更有一些闯荡江湖的胡子，也混进了义勇军的队伍，他们想另立山头，一有机会就绑票抓人。

有一次，他们在黑山县西双岗子集合了队伍，向李屯方向转移。这时，有一个胡子出身的炮头煽动一伙人想另立山头，不跟大队伍走。孙快农对那个胡子头开始格外警惕起来。快近黄昏的时候，队伍走到了李屯外面的坟圈子，这是一片荒郊野外。就在这工夫，他听见身后有嚓嚓的脚步声，还有拉枪栓的声音，他突然来个急转身，发现那个胡子炮头已经把子弹推上了枪膛。他手疾眼快，迅速地从腰里拔出了驳壳枪，半真半假地警告说："在这荒郊野外的，你想干什么？世界上有玩牌的，有玩鸟的，没有听说有玩枪的。你真是好大的胆子！"

这工夫，有一群鸽子飞进了坟圈地，在树梢上飞翔。胡子炮头见景生情，编了个谎："旅长，我想打鸽子，试试枪好不好使。"

孙快农顺手开了枪，两只鸽子落了地。他借题发挥，教训胡子炮头："我是东北讲武堂毕业，行伍出身，当过营长，玩枪玩了小半辈子，百发百中。眼下又推举我做义勇军的旅长，我要是没两下子，敢领弟兄们去打日本鬼子？"

胡子炮头佩服得五体投地，在地上给他下跪求饶："旅长，我真是该死，有眼不识泰山。"

他原谅了胡子炮头的粗鲁和无知，很动感情地说："老弟，你快起来，别叫别人笑话。咱们齐心打日本，就是一个战壕里的弟兄。"

天擦黑，队伍走到了一个三岔路口，右边是火车道，左边是茅草道，地里还留着高粱茬子。天边是一片火烧云，一群被惊动的乌鸦穿过云天，低低地哀鸣着。

孙快农问了一下老乡，知道哪个火车道是通向黑山县城，哪个茅草道是去阜新的抄道。他判断情况，感到夕阳西下，正是乌鸦归巢的时候，而这时乌鸦起飞，想必是有原因。他只好选择去阜新的方向，把队伍分散隐蔽起来。后来队伍打阜新警察所的时候，由于暴露了秘密，被敌人包围了。他领着义勇军一边抵抗，一边突围转移出来。后来队伍解体了，他来到了北平。

我头一次和孙快农见面，就留下了很深刻、很强烈的印象。他高身材，椭圆脸，穿着咖啡色的西服，洒脱沉着，透出一种军人的风度。我不仅尊重他，也很崇拜他。他是我创作中最理想的模特儿，他是现实中的英雄。因为我有一种创作的动机，所以我开始寻找机会去和他接近。大概也由于工作的需要吧，他也和《文学导报》的朋友很接近。他从来不谈他的身世和政治背景，总是笼统地说："大家都在一起工作，谁也不要问谁是干什么的。等到将来抗日胜利以后，大家互相见了面，都是自己人，那才是皆大欢喜。"

孙快农的行装打扮，有如六月里天空那流动的云彩，变化多端，神奇莫测。有时候，他穿阴丹士林布大衫，一身学生打扮。他到东北大学的北校，和一个地下共产党员汪之力接头；有时候，他又穿着工人式的背带裤子，混在协济工厂的工人堆里唠嗑；有时候，他又穿着整齐的咖啡色西装，戴着礼帽，和东北军的军官去拉关系。他对朋友热情坦率，肯于助人。当《文学导报》缺少经费，不能出版发行时，是他利用社会关系，弄到了经费。我们的友情是建立在互相信任的基础上的，他的私生活也不向我保密。他为了掩护工作，在北平的德胜门里租了一所四合院，和他住机关同居的是一个姓吕的女朋友。

有一次，孙快农来到我的住处，只有我们两个人单独在一起，谈到义勇军的活动和中国的前途，他很坦率地对我说："我是满洲省委的……我也在第三国际。列宁就在第三国际，你知道吗？"

因为孙快农很坦率，所以我也很坦率地说："我参加过反帝大同盟的秘密读书会，我读过列宁的《国家与革命》。"

"你读了《国家与革命》，有什么心得？"

"我觉得很开脑筋，很好。"

正在我们谈得高兴的时候，外面有人敲门。孙快农掀起门帘向外一看，悄悄地对我说："外面有个女学生找你来了，我们以后再谈吧。"

十三　李素月

来的人叫李素月，是我东大同学李树青的妹妹。李树青有一些书，一向寄存在叶幼泉的家里。现在叶幼泉准备到河南鸡公山去工作，只好把李树青的书籍寄存在我处。

她说："先生，我哥哥去美国留学，他留下几本《清华周刊》，只有托付您代为保存了。"

"你可别叫我先生。我和你哥哥、叶幼泉都是东大的同学，凡是不能带走的东西，我都可以代他保存。你提到的《清华周刊》，那上面还有你哥哥发表的小说呢！"

我曾读过李树青的那篇小说，它描写了一个恋爱的故事。但在李素月的面前，谈到恋爱小说，我还是有些不好意思。

记得在一次闲谈中，叶幼泉曾对我谈到李素月的身世。她家是辽宁凤凰城人，父母在家里务农。家里有三个哥哥。大哥是李树青，二哥参加了苗可秀领导的义勇军，后来牺牲了。全家在东北站不住脚，只好流亡到了北平。三哥在东北军里做了一个连长。靠着三哥的微薄的薪水，维持着一家的生活。这是东北老乡的共同命运。真有"同是天涯沦落人，相逢何必曾相识"之感。李素月穿着靛青色的大衫，蓝布吊腿裤子，剪短发，一张椭圆形的脸蛋儿，如同秋天的明月，纯朴而又优美。

我问李素月："你大哥出国走了吗？"

李素月轻声地回答我说："我大哥出国走了。想不到叶幼泉又去了鸡公山。"

"在北平，你家还有别的亲戚朋友吗？"

"一个也没有。每逢过年过节，我妈妈总是想家……"李素月说到了这里，眼睛有些湿润，有些伤心。

我鼓励她说："将来有一天，我们打回老家去就好了。"

"什么时候，才能等到那一天呢？"她幽幽地问道。

我赶快转换话题说："你们竞存中学唱救亡歌曲吗？"

"我们学校每天都上早操，大家一起唱救亡歌曲。可是，那些警察宪兵却到学校来抓人，还检查进步书刊。昨天早晨，警察又到学校来抓人了。我想起在我的行李底下还有两本《清华周刊》，我想给你送来，不想刚出门，迎面就碰上了警察。于是我拐进了一条小胡同，拼命地跑起来。《清华周刊》丢了，路上我还绊了一跤，手腕也摔出了血。后来我到学校的卫生所上了红药水，又绑上了绷带。"

我听了李素月的叙述，心里不禁感到一种内疚。她是为了给我送书，才挨了摔，受了伤，受了委屈的。我心里暗暗感叹着，一个多么可爱的女孩子呀！现在有多少流亡的东北人在遭受着不幸啊！

我看见李素月的手腕子上的绷带已经散花了，过去给她缠一下绷带。我的手梢不由得触到了她的手梢，心里有一种特异的感觉。我望望她的脸，她的脸红了。

我说："你妈妈知道你摔了跤，一定很心疼。"

李素月接茬说："我妈妈惦记我，我该回家了。"

我真舍不得她走，挽留地说："再待一会儿吧。"

"过些天，我再来……"

我送她出了门外，看着李素月沿着一溜儿红墙走远。太阳照着她的蓬松的头发，泛着粼光，心里感叹道："一颗多么纯洁的灵魂哪！"

有一次，孙快农参加《文学导报》的关于"两个口号"的论争的讨论会，当单独剩下我们两个人的时候，他可能是出于对朋友的关心，或者是替我高兴，提到了我和李素月的关系。因为上次孙快农到我的住处的时候，恰恰碰到了李素月，不能不引起他的关注。但我却觉得很为难，不知道该怎么解释才好。

"没有什么，她是我东大的同学李树青的妹妹。"

"她叫什么名字？"

"她叫密司李。"

孙快农开心地笑了："中国叫密司李的可多了。"

我直率地反问道："你的那个朋友，不也叫密司吕吗？"

孙快农也直率地对我说："密司吕是住机关的。我们是工作关系。为了掩护工作，躲避敌人，只好伪装成必要的社会关系，这样可以减少许多的麻烦。当然，由于两个人在一起工作，了解深了，会发生一些感情甚至是爱情。爱情这个东西，如同大海的波浪一样，它来了，汹涌澎湃，你挡也挡不住，需要控制自己，不能犯自由主义。有一次，我没有很好控制自己，我赶快把密司吕推开，还打了她一拳头。现在想起来，还是很后悔。"

孙快农知道把题扯远了，往回拉一拉，入了正题："上次，我和你谈到列宁的《国家与革命》，你说对你很开脑筋，这很好。正巧这个时候，密司李来了，就被打断了。列宁站在第三国际的高度，科学地展望了人类的未来……"

我对于第三国际，可以说是一无所知。只感到它是一个伟大的革命党，至于它的纲领和主张，全不了解，充满神秘和崇拜的心情。孙快农知道我很向往苏联的社会主义社会，进一步开导我说："你如果想参加第三国际的组织，明天我给你介绍一位第三国际的朋友，你可以和他谈一谈。"

在约定的时间和地点，我和孙快农一起来到北平前门外的一个有轨电车站，去和那位第三国际的朋友接头。

一辆电车从东长安大街开过来，到了前门外的这个车站，便停了下来。车上的旅客争先恐后地下车，一窝蜂地吵嚷着。我想象着几分钟后，将要和第三国际的朋友见面，不知道是激动还是兴奋，心里有些发跳。在见面之前，我的脑海里构设了许多的幻想：那位第三国际的友人，一定是身材魁梧，仪态潇洒，穿着笔挺的西服，戴着深灰色的礼帽，拎着文明手杖，架着近视眼镜，有一种学者的风度。

电车又开走了，下车的旅客也散开了。这工夫，从电车站后边转过来一个人。他戴着大缎子帽头，穿着长袍马褂，千层底礼服呢的鞋，显得肥头大耳，体形富态。走起来也是四平八稳，一副地地道道的买卖人模样。他看看孙快农，笑了一笑。孙快农也会意地一笑，顺便把他介绍给我："这是我的朋友老吉，你们谈一谈吧。"

我和老吉离开了那个电车站，经过前门箭楼，向着天安门广场走去。我俩一边在广场上绕弯，一边唠嗑。他问我是什么时候流亡到的北平，交了哪些朋友，生活上有什么困难。

对这次接头，我感到很不理想，觉得没有一句话涉及马列主义这个题目。

十四　山雨欲来

1936年的冬天，是个多事之秋。在一二·九学生运动之后，中国这个沉睡的狮子，已经觉醒了，发出了吼叫的声音。天有不测风云，人间的变化也是风云莫测。而国内的政治形势也不断出现新的情况，大有山雨欲来风满楼的势头。

《文学导报》自从改组以来，驱逐了张露薇，建立了新的编委会，出了四五期合刊的国防文学创作专号。同时，我们又开始张罗筹办《黎明》文艺月刊。它是由东北救国会汪之力同志领导的。当我们忙着筹稿的时候，又有两位朋友要离开《文学导报》了，叶幼泉去河南鸡公山，纪艾路要去西安。

我诚恳地挽留纪艾路不要离开《文学导报》："老纪，你不去西安不行吗？现在《文学导报》刚刚有了些头绪，汪之力又抓我去编《黎明》，《世界动态》的主编又要我帮助他编辑《世界动态》的文艺稿子，我实在是忙不过来。你为什么要在这个时候去西安呢？"

纪艾路说："就是在这个时候，我才去西安。"

"你为什么一定要去西安，难道西安发生了什么重要的事情？"

纪艾路很神秘地看了我一眼，态度很冷静地说："那里的确有关系着国家和民族的大事。"

"你痛快说吧。"

"你还没有听说吧，张学良在西安实行兵谏，在骊山活捉了蒋介石，提出抗日联共八项主张。听说周恩来已经从延安到了西安，全国轰动。现在，全国政治的中心已经转移到了西安。"

"我明白了，你现在去西安有着特殊的意义。"

"我在西安有些社会关系，车向忱是我们东望小学的校长，西安城门楼上的张学良的学兵队里，还有我许多同学。现在是国家生死的关头，每个人都应该大显身手。"

我送走了纪艾路，半路上碰到了孙快农。孙快农是一位消息灵通人士，关于西安事变，他知道的东西比纪艾路还要多，还要具体。比如，东北军的孙铭九是怎样在天蒙蒙亮时在骊山的半山腰捉到蒋介石的，蒋介石怎样披着睡衣，光着脚，吓得哆哆嗦嗦对孙铭九绝望地说"你把我打死吧"，等等。

　　我那时对西安事变的过程还不完全清楚，于是好奇地问："是不是把蒋介石给打死了？"

　　孙快农老练地笑一笑，说："要是真的给打死了，也就没有戏了。"

　　孙快农喘了一口气，继续告诉我："现在全国震动，各省不知如何是好。周恩来离开了陕北，到达了西安。阎锡山给张学良回电，不得要领。韩复榘拍电询问真伪，何应钦举行血衣誓师仪式，下了讨伐令。分了五路讨伐军，任命刘峙、顾祝同、卫立煌向西安进发。中外对西安事变情况不明，现在除了广西的李、白，四川的刘湘外，其余全被南京的新闻控制着，都说张杨劫持统帅。盛世才原是张学良部下，通报表示中立。万福麟的五十三军按兵不动。英美在华势力蠢蠢欲动，反动势力造了很多的谣言，传说西安赤化，挂起了红旗，人心惶惶。"

　　我问孙快农："那么第三国际有什么消息吗？"

　　孙快农说："第三国际还要靠我们提供给情报。老吉想派个人到西安去，通过社会关系，了解些真实情报。"

　　我想到西安那神秘而又重要的位置，心里产生了想到那里去体验生活的思想，于是向孙快农提出了接受那个任务，他很快地答应了。

　　两天以后，孙快农送给我一套中央军的军服，以作为化装之用。另外还有七十元钱，作为路费。具体的路线也已经确定：从前门外坐火车到山西太原，再坐同蒲路火车到风陵渡，过黄河，再坐陇海路火车到西安。在即将离开北平之前，我忽然想到就要和李素月分开，心里不免有一种怅然。

　　李素月知道我要去西安，心情也很低落，她说："我听说现在西安很乱，你不去不行吗？"

我告诉李素月，这次发生的西安事变，关系着中国的前途，特别是关系着东北的命运。如果解决得好，说不定东北人就能打回老家去。

"真的吗？那可太好了！"

李素月仿佛有了一点信心，破涕为笑了。

晚上，李素月送我到前门外火车站。嘱咐我到西安这一路上要多加小心。我紧紧地握了她的手，转身走进站台。

火车开车的铃响了，车轮子动了，我开始了一个神秘的、肩负着使命的旅行。火车经过广阔的华北平原，到石家庄后，换了正太路，过了娘子关，就被连绵不断的太行山包围起来。窗外是崎岖的山峰，成垄的梯田，田埂上荞麦秧在寒风里抖擞着。这里的人的生活习惯也自有一套，庄稼老汉喜穿黑布棉袄，包着羊肚子手巾，扎着腰带，说话鼻音很重，愿意在火车上唠嗑。

对面的庄稼老汉看我穿一套中央军的军衣，对我说："老总，你到哪儿去？"

"西安。"

"啊呀，你到西安去，一定要走太原同蒲路，到风陵渡，过黄河，再从潼关坐火车，到西安了。"

"你到过西安吗？"

"眼下，听说中央宪兵队在潼关检查得很严。"

我为了警惕，就没有再谈下去。

我是第一次出门，特别是接受了孙快农给我的那项特别而神圣的任务，感到担子有千斤重。我怕别人知道我的秘密，更怕不小心露出什么马脚。我觉得，对于中央宪兵队的检查，我还是缺乏经验的，神经开始紧张起来。

到了太原后，住上了旅店。夜深人静，我听着大街上响动的声音，睡得很不安稳。天朦胧的时候，外面响起一阵噼噼啪啪的声音，像是快枪的声音，我走出了房门，来到了院子里。这工夫，另外的一些旅客也惊醒了，瞪着眼睛，不约而同地探听着消息："外面发生什么事情了？"

旅店老板从大街上走回院子里，告诉大家说："听说张学良送老蒋回南京了，太原市的国民党都出来放鞭炮庆祝呢。这下子一天云彩散了，没事了，大家都回去睡大觉吧。"

我感到再继续去西安已经没有什么意义了，便决定返回北平，那工夫，我自然而然地想起在北平的李素月。她是像月亮一样纯洁的女性，我和她在一起感到多么幸福，但我自己是一个穷光蛋，对那种幸福的前途实在是感到渺茫。

十五　卢沟桥畔

我从太原回北平后，几次去找孙快农，他搬了家，没有如愿。等到后来我再见到他的时候，西安事变已经过了很久，国共两党已经实现了合作，建立了抗日民族统一战线。我这次西安之行尽管没有起到什么作用，我还是如实地向孙快农做了汇报，并且写了一份文字的材料。我觉得自己没有胜任，没能完成任务。我还不理解第三国际和中共并不完全一致的情况。

孙快农替我解释说："你不是没有胜任，是形势发展得太快了。"

"我有自知之明。我确实缺乏这方面的才能，也没有经验。对于写文章，我还有一点灵感。"

"我理解你。你写文章也是对革命的一种贡献嘛！"孙快农发出友谊的微笑，又诚恳热情地加了一句，"写文章也需要参加实际斗争。现在，日本侵略者又在卢沟桥向我们中国军队挑衅，我们中国军队忍无可忍，进行了还击，中国的全面抗战开始了。刚才我遇见了东联的负责人汪之力，他们正张罗组织一个战区服务团，到前线去支持二十九军抗战。你要是想参加，我给你介绍一下。"

"我参加!"

我和孙快农谈完,匆匆去找汪之力。

在这之前,我早已认识了汪之力同志,但已经记不得是谁给我们介绍的了。在一二·九学生运动以后,知识青年的爱国热情有如火山喷发,深入人心,谁也阻挡不住。我第一次见到汪之力,是在北平的学生南下宣传,回到北平的前门车站时,汪之力作为学生会的代表致祝词。尽管在他的周围是虎视眈眈的国民党警察,他却毫无畏惧,慷慨激昂地发表演说,令我十分钦佩。

我第二次见到汪之力,是他作为东联的负责人召开的一次理论讨论会上,这次会议邀请了北平的名流学者,座谈抗战和统一战线的关系。到会的有中国大学教授吴承仕,著名作家、翻译家曹靖华和高滔、陈伯达,经济学家关梦觉,文化界人士齐燕铭,左联负责人孙席珍。会上大家讨论得十分热烈,情绪高昂,抗战与民主和统一战线这个新题目鼓舞人心,使人激动。我在会上没有发言,却大开了眼界。

我第三次见到汪之力,是由于东联要出一个进步的文艺刊物《黎明》。汪之力出面,委托我来担任《黎明》的主编。我们在一起谈到了办刊的方针和关于印刷上的一些问题。现在我再去找汪之力,已经是第四次见面了,而这次是为了参加战区服务团。

这时候,北平的局势已经非常紧张了。西直门的城门口布置了防御工事,向前方送弹药的汽车在街上急速地奔跑着;报童喊着号外消息,全北平几十万人都在密切关注着卢沟桥战事的发展。我匆匆走进东北大学北校的校门,穿过纠察队的岗哨,没被阻拦,我来到了学校的办公楼。踏上石头台阶,再经过一排教室的长廊,长廊里挂着红红绿绿的墙报,最后来到一间屋子。这间屋子就是学生自治会的办公室,在深灰色的墙上,挂着一个"战区服务团"的牌子。

由于前方抗战形势的紧张,办公室里显得很零乱。地上摆着一张桌子,桌子上放着当天出版的报纸和各种号外及传单、手册、粉笔、油印机等,屋子左角挤着一群大学生,他们都是为了参加战区服务团，在领取和填写志愿书。

我填写了志愿书，看过战区服务团的规章，还忙着和汪之力打招呼。这时，桌子上的电话响了，汪之力忙着去接电话。他打了一会儿电话，才回过头来和我交谈。

"我太忙了。你来得正是时候。你也想参加战区服务团吗？你是作家，服务团里正好缺乏一位宣传委员，总队长是老董，他一定很欢迎你。"

我迫切需要了解前方的消息，便迫不及待地问道："卢沟桥前线的情况怎样？"

汪之力挺着高个子，他的面颊显得消瘦，穿着一身青色的学生制服，透着坚毅的神情。他声音洪亮，毫不含糊地说："你想想，卢沟桥是什么地方，它是中国平汉路上的要隘，北平的咽喉。如果敌人占领了卢沟桥，就能控制华北，随后控制大半个中国。过去直奉战争时，为了争夺这个要隘，两方的人肉搏了三昼夜，血流成河。八国联军也占领过卢沟桥，放火烧了一天。这是一个多么重要的地方啊！"他接着向我介绍了这次事变的情况："7月6日那天的晚上，日本兵从蚊子山出来，到了宛平城下，筑起工事来。他们打死了二十九军的一个排长，占领了永定河桥。二十九军有一个耿营长，外号叫耿大嘴，长得浓眉大嘴，好喝烧酒，为人讲义气。他带领一支敢死队，喝了烧酒，背上大刀片，半夜悄悄摸到卢沟桥头，一刀一个，像切西瓜一样，又把卢沟桥夺了回来。刚才我接到电话，知道二十九军的几个师长现在都在北平开紧急会议，只有吉星文团长在前线指挥。我们战区服务团照样出发，从西直门坐火车，中间走一段路，自己做饭，行军到长辛店，就快到火线了。我们这次到战区服务，就是让二十九军的弟兄们看看，我们是一二·九学生运动中出来的同学，我们不但能喊口号，还能上前线，还能到前线做慰问和宣传……能以实际行动参加抗战。我们这个战区服务团，是由东北救亡总会领导的。参加的成员，都是在北平的东北流亡学生。"

我听了以后，感到十分振奋和激动，热血在沸腾。

下午2点钟，参加战区服务团的同志们编好了队，共有三十八个团员，分为三个小队。我们带好了毛毯、雨具、水壶，还有铝锅，准备自己在路上做饭。我们在门头沟下了火车，开始向长辛店出发。这是我平生第一次在田野上行军，大家排成排、列成队，穿过一块块高粱地。地头的艾蒿发出清香的气味，我闻着这熟悉的田野上的植物的芳香，心情非常振奋和舒畅。队里有个蒙古族姑娘叫乌兰，是小队里最活跃的分子。她在内蒙古草原上骑过马，在一二·九学生运动中抢过警察手里的水龙头和大刀。她触景生情，倡议道："董队长，咱们唱个《五月的鲜花》吧。"

董队长穿着黄卡其布的裤子，背着一只水壶，一路上都是沉默不语，考虑着敌情的变化。为了战区服务团的安全，他比较慎重。

"同学们，这里是战区，前方就是卢沟桥火线了。我们要注意隐蔽，小心从事，不能暴露目标。"

董队长讲得对，所以大多数同学都沉默不言。只有站在我身后的一个叫刘琦的同学跳了出来，他绷着脸，瞪着眼睛，火气很大地和董队长争辩了起来："我们战区服务团来到前线，是来救亡来了，是抗战来了，我们连日本鬼子都不怕，还怕唱歌？我们已经憋了多少年了……"对于刘琦的年轻气盛，董队长只是笑一笑，没说什么。

我心里在想，再往前走，就是卢沟桥前线了，就是二十九军的战壕了。我们是给士兵们送子弹，还是抬担架呢？战地生活是多么富有意义，我们多少年都盼望着真正的抗战，现在这一天终于来到了。

傍晚时分，战区服务团到了长辛店。

董队长和二十九军的长官及地方当局安排我们在长辛店小学的教室里宿营，并休息待命，准备接受任务。因为二十九军的军长还没有回来，具体的命令还没有下达。好在董队长已经到过前线的团指挥所，看过那里的地形地物，由他来向我们介绍战地的情景，讲得有声有色："卢沟桥是北平有名的名胜古迹，共有二十一孔，桥上和两旁雕刻着大小石头狮子，真是神采各异。桥头还有清朝乾隆皇帝的题字'卢沟晓月'。永定河的古名叫'无定河'，唐代的诗歌中有'可怜无定河边骨，犹是深闺梦里人'的名句。大概是人们忌讳无定河这个名字吧，为了避免灾难，后来就把它改成'永定河'。永定河的上游是桑干河。这是一个有名的地方。"

这时，大家都在外边乘凉，四野寂寂，天河耿耿。大家来到一个新的地方，都有一种新奇的感觉。月影照在小学校石头的台阶上，疏疏落落，令人不可捉摸。不知是谁踏上石台阶上疏疏的月影，大声地质问说："队长，你把卢沟桥说得也太神奇了。十年树木，百年树人。你知道卢沟桥上的石狮子一共有多少吗？"

董队长冷静地说："凡事都有个来龙去脉。关于石狮子的数目，有个细心的人曾经数过，宛平城的城墙垛口一共有二百八十三个，城门上的钉子也是二百八十三个，石桥上的狮子也是二百八十三个。前清养着八旗兵，为着保护宛平城和卢沟桥，限额也是二百八十三个。现在，日本侵略中国，丰台的日本兵营也在蠢蠢欲动，日本正在山海关和大沽口调集兵力，卢沟桥早晚会有一场恶战。二十九军力单势薄，我们服务团来到阵地上，也算是助他们一臂之力。"

长辛店小学校的前面，就是二十九军的炮兵阵地。在白天，拿着望远镜，就可以清楚地看见卢沟桥上的石狮子。我这次参加了战区服务团，感到无比兴奋，为此，我还写一篇《参加战区服务团》的文章，寄给了上海的《光明》，后来发表了。

不久，董队长从前线战地指挥部带回了不幸的消息，令我大失所望。

据二十九军的一位长官透露，华北的局势已日趋严重：日本飞机轰炸了廊坊，在南苑，双方正在激战中。日军有四五百人，全副武装，已经由彰仪门入了城，进入了东交民巷的日本兵营。卢沟桥的大战即将来临。二十九军当局考虑到战局的关系，也考虑到战区服务团的安全，叫我们马上离开阵地，回北平去。

形势的发展是这样严峻，董队长此刻也是束手无策。是在火线上坚持下去呢，还是回到北平呢？他也没了主张。于是只好开全体团员大会进行表决辩论。战区服务团的团员分成了两派，主张留在卢沟桥的一派有刘琦和乌兰，我也是主张留在卢沟桥的。我到了前线，却没有体验到火线上的战斗生活，觉得不论是对于抗战，还是对于自己的创作，都是一种损失和遗憾。大家正在议论纷纷，争论不休的时候，董队长忽然发现刘琦气鼓鼓地离开了会场，直奔小学校的教室跑去。董队长给我一个任务，让我把刘琦劝回来，继续参加辩论。

我匆匆赶回小学校的教室，看见刘琦已经躺在木板床上，屋子里有股血腥的气味，原来他拿了菜刀，已经抹了脖子。我连忙抢下他手里的菜刀，血喷了我一身。刘琦对我瞪着眼睛，说了最后一句话："我有抗战的自由！我不离开卢沟桥！"

民族危亡的时刻，有多少热血男儿抛头颅、洒热血在所不惜呀！

后来，刘琦被送到保定的二十九军的医院抢救，董队长决定我们返回北平。

十六　八月十五云遮月

卢沟桥事变以来，北平人民最感到恐惧的，莫过于日本侵略军的威胁了。卢沟桥离北平的彰仪门只有二十里地，阵地上隆隆的炮声听得清清楚楚。人们惊慌地猜测：离北平失陷的日子还有多久。随着战局的发展，战争的气息越来越临近，人们的心情也越来越沉重，心弦都拉得紧紧的。

我从前线战区服务团回到了北平，见到了李素月，她告诉我，我寄给上海《光明》的那篇《参加战区服务团》的文章已经发表了。我感到非常高兴。这是我流亡北平以来，在上海大刊物上发表的第一篇文章。由于这篇文章的影响，我和上海的东北作家们也开始发生了联系。舒群和罗烽给我来信，信里说他们在上海编一套东北文艺丛书，约我写一部报告文学。可是，眼下战火正沿着华北原野遍地燃烧，我简直无法冷静地坐下来写文章。

在北平，这几天的消息特别多。捷报天天传来，坏消息也不断到来，号外满天飞。昨天报纸上还发表宋哲元的谈话，说北平南苑的战斗激烈；又传说我军已收复廊坊和通县，人民群众准备去慰劳；云云。忽然发现战事又停顿了下来，而且情况有些异样。往日，城门口堆着的防御工事，不知什么时候给撤掉了。城门大开，任意出入。一些商店已经关门停业，警察也不站岗了。日本飞机绕着城墙盘旋侦察，平常运送军用物资的大汽车也不见了。随后，各种谣言也传出来了，有人说，二十九军的副军长佟麟阁在南苑阵亡了……

人急投亲，鸟急投林。

战局到了危急万分的时候，我想起了左联的革命朋友们。从九一八事变以来，我从一无所有能生活到现在，还办了几个文艺刊物，不是全靠着左联的朋友们的帮忙吗？在我的左联朋友里，有清华大学的一帮朋友，还有东大的一帮朋友。由于清华园离得比较远，现在我只好暂时去投奔东大的朋友了。

我来到东北大学北校。它在北平西直门里，坐北朝南。那朱红色的木头大门，对我来说是多么的熟悉呀！那大瓦房，那用砖铺的地，以及玻璃窗户……对我都是多么的亲切呀！在教室的后面，就是学生会的办公室。往日，这里是北平救亡工作的一个大本营。经常来这里的，都是一些左联的盟员、民先分子和进步的抗日青年。可今天，这里却显得非常冷清，大概情况又有了什么变化。

我的最熟悉的一些朋友，早已离开了学校。叶幼泉去了鸡公山，艾路去了西安，同班同学郝克勇不知到哪里活动去了，董学礼没有在家，连隐蔽最深的地下党员季里也没有露面，还有李荒、朱川、丘琴、李枝厚，我一个也没有见到。我还希望见到雷加，可他也没到东大来。在学生宿舍里，我只见到一个外号叫"唐傻子"的同学，陪着他的爱人柳女士，弹着吉他，声调有些悲凉。

当我走进学生会办公室的时候，发现汪之力正在屋里整理文件和传单，一边挑选，一边在砖地上焚烧。他看见我走进了屋子，瞪大了眼睛，表现出有几分惊愕："你怎么来了？"

我说："我向你汇报来了。"

汪之力随便说了一句："我知道了。"

我讲了战区服务团到了前线，如何发生争论，刘琦如何过分激动，用菜刀抹了脖子。

"青年人爱国热情太高，感情也太脆弱。听说二十九军把刘琦送到保定医院，已经抢救过来了。"

听说刘琦被抢救了过来，我十分高兴，感到心里的一块石头落了地。这工夫，外号叫唐傻子的同学从学生宿舍走过去，对着西直门大街观察了一会儿，来到了学生会办公室。汪之力问他："大街上有什么动静？"

"大街上影影绰绰过来一帮人，向西直门跑去。"

"是不是二十九军撤退了？"

"这是大局。听说于毅夫在冀察政委工作，问问他就知道了。"

汪之力拿起电话，拨了号，但电话占线。里边是两个人在通话，一问一答，我们都听得很清楚：

"我耳闻宋公离平，去保，主持军机大事。"

"平津让给谁？"

"中央明令，推张自忠代理委员长。"

"中央为何走这步棋？"

"以愚所见，无非委曲求全，尽量取得友邦谅解。"

"这不是亡羊补牢吗？"

"我等虽忧国忧民，但不在其位，不谋其政……"

电话里传来的消息令我震惊，显然局势进一步恶化了。过了一会儿，电灯也灭了，办公室的人也都离去了。

二十九军的撤退成为事实。部队撤离之后，接着就是北平市民的大逃亡。我从东大出来后，毫无目的地被难民的队伍裹着行进，难民的队伍冲过新街口，漫过南河沿，像一股潮水似的向西直门城口拥去。这里有步行的，有推自行车的，男人背着包裹，女人披头散发，孩子哭，老婆叫，人人都显得惊慌恐怖，受一种盲目的力量所支配，谁都不晓得为什么要跑，究竟要跑到哪里去。

我随着难民的队伍来到西直门的时候，天已经亮了。两辆有轨电车停在城墙的里面，城门大开，作为防御工事的沙袋也撤走了。难民的队伍刚出了城门，却意外地发现从乡下来的农民向城门里猛拥过来。

我打听一个从门头沟骑着毛驴来的老乡，为什么到北平来，才知道日本兵已经占领了那里，还用机枪屠杀黎民百姓。如果从北平跑到那里去，岂不也是死路一条吗？到了这个时候，我才发觉自己实在是太盲动了。如果离开北平，也应该和左联的朋友联系一下，应该有一个行动的目标。此外，我的宿舍里还有我写的一些文章，有已经发表的，还有一些是没有发表的，这些我都应该处理一下。我想到了李素月，应该和她联系一下。我还想到了我远在东北乡下的爸爸和妈妈，我这次离开北平，不知还要流亡到什么地方，返回故乡的希望将是更渺茫了……

我进了西直门，找到雷加的住处，和他谈了半个小时，接着回到草场北岸我的住处，这是我的"家"。屋里的杂志散发出一股油墨的气味，这里有我花了几年的心血写成的作品，其中有还未发表的长篇小说《小工手抄》和长诗《血腥地带》，它们还没有和读者见面呢。我即将离开它们了，心里感到依依不舍，我想，这些手稿只有交给李素月保存了。她离不开自己的家，离不开妈妈，也花不起路费。我正这样想着，李素月来了。她一见到我，就是一脸不高兴的样子，不客气地埋怨起来："我以为你不回来了。为了找你，我把腿都跑断了。"

我告诉她这一天我的经历，怎样去了西直门，怎样去的雷加家。

李素月问我："雷加可有什么章程？"

"雷加说，二十九军撤退已是定局，北平已经待不下去了，只有到上海才是出路。上海的《光明》发表了我的文章，主编沈起予又向我约稿，此外还有罗烽、舒群这些朋友的关系，说不定靠卖文章也能维持生活。"

"你们去上海，坐哪趟火车？"

"我和雷加已经商量过了，坐津浦路的火车。火车票要是太贵，就坐轮船。从北平到天津的车票不太贵，过两天就可以通车。"

李素月想到我们将要分离，心里非常难过，也很激动。我的心里也很激动，觉得有很多的话要对她说，但心乱如麻，什么也说不出了。最后，我把自己的全部手稿都交给她，嘱咐她代我妥善保管。

十七　故国不堪回首月明中

我真不幸，竟然又一次开始了流亡的生活。

8月初，我和雷加坐火车逃出了北平。

为了节约路费，我俩到天津后，不坐津浦路的火车，而是从天津坐英国太古公司的轮船，直达上海。这样一来，就只好让雷加的爱人张殊暂时留在北平了。我想起离开北平前的那晚和李素月在草场大坑岸边散步的情景，颇有"故国不堪回首月明中"的无限感慨。

我们这次逃出了北平，好像鸟儿飞出了牢笼。

上午10点钟，轮船出了海河，到了塘沽。船头直对着大海，劈浪前进。看着万顷波涛，真觉得天地广阔，心胸也为之渐渐开朗，觉得这个世界有着无限的自由。这条轮船上的旅客许多是从平津流亡出来的知识分子和爱国青年，受过一二·九运动的洗礼，在中华民族危亡的时刻，大家志同道合，同仇敌忾，不约而同地唱起了《义勇军进行曲》：

起来！不愿做奴隶的人们！

把我们的血肉，筑成我们新的长城！

中华民族到了最危险的时候，

每个人被迫着发出最后的吼声。

…………

　　轮船进入了大海，风急浪大。这里是津门的要隘，从水路入京的咽喉。岸边的炮台，昔日抗击着八国联军的入侵，今日又将沦为日本侵略者的肆虐之下。这工夫，轮船上的二副向旅客发出了警告："大家注意了，前边有日本的巡洋舰。快到船舱里躲一躲！"

　　有的旅客躲到统舱底下，不敢露头；也有的旅客在甲板上观望，注视着敌情。我和雷加一直站在栏杆旁边，想看个究竟。我们气愤的是，渤海湾是中国的领海，为什么让日本的军舰在这里横冲直撞。

　　日本军舰迎面驶过来了，旗杆上挂着一面太阳旗，甲板上摆放着四门炮口黑森森的火炮，一个日本军官拿着望远镜，对英国太古公司的轮船侦察着。大概没有发现什么可疑之处吧，日本军舰从离我们轮船五十多米远的地方绕过去了。这时候，船舱底下的旅客才爬到甲板上，喘了一口气，逐渐活跃起来。

　　海涯无际，万顷波涛，海燕在天空中自由地飞翔。有的人见景生情，不由得高声背诵起高尔基的《海燕》来："……让暴风雨来得更猛烈些吧！"

　　在英国轮船的甲板上，我遇见了几位左联的朋友。首先见到的是田菲。他是一个地下党员，平时非常喜欢高尔基的作品，常在《中流》上发表些散文。其次见到的是余修和夏英喆，他俩都是中国大学的学生，经常在《文学导报》上发表文章，彼此都很熟悉。此外，还遇见了于毅夫。他是文学界的前辈了，常在《小说月报》上发表文章，署名于成泽。九一八事变后，他参加了共产党，做了大量的统战工作，和文艺界的朋友都很熟。这次，他和我们在轮船上相遇，显得非常亲热。他和我、雷加握手，问道："你们两位到哪里去？"

"上海。"

"你们和上海的作家有联系吗？"

我告诉于毅夫，去年冬天，舒群曾秘密来到了北平，我接待过他，也和罗烽发生过联系。于毅夫知道我们是第一次去上海，愿意为我俩帮忙。可是，轮船到了烟台，就停泊不走了。不久，从轮船的二副那里传来最新的消息：8月13日那一天，中国军队在上海和日本军队发生了冲突，中国全面的抗战开始了！

大家热情地欢呼着，情绪激动，一呼百应地唱起歌来：

> 不要皱着眉头
>
> 大众的歌手
>
> …………

轮船不能到上海了，我们在烟台上了岸。我们这些平津流亡同学，在一二·九运动中曾经受过锻炼，在卢沟桥事变中又受过考验，现在在流亡期间，便自发地组织起平津流亡同学会，通过组织和地方当局交涉，联系交通工具，积极参加抗战活动。我们这部分流亡同学，一部分到济南去，一部分到南京去。我和雷加到了南京以后，才知道上海已经成了战场，上海的作家正在纷纷逃亡出来。我们在南京遇见了舒群和罗烽，他俩非常热情，请我和雷加吃了南京有名的烤鸭。这是我和罗烽的初次见面，他讲了很多肺腑之言，也使我长了很多见识。

一天下午，舒群准备约我俩去游玄武湖。刚要动身，南京的汽笛发出了空袭的紧急警报。我们为了躲避日本飞机的轰炸，跑到附近的八府塘中学的防空壕里。

警笛声消失以后，伴随着日本飞机嗡嗡临近的声音，人们都屏住了呼吸，大气也不敢出了。过了一会儿，听到了日本飞机的轰炸声，接着，是地上的高射炮的射击声。炸弹和高射炮弹同时炸裂，天上开了花。不大工夫，日本飞机布满了南京的上空，俯冲一次，便投弹一次。炸弹像小棒槌一样在八府塘的天空嘀嘀乱转，仿佛就在头顶上飞舞那样看得真切，真是骇人。

舒群夹在我和雷加的中间，他也很紧张，嘴里念叨着："真是脚前脚后，我们要是再早走一步，已经到玄武湖了。"

雷加为了安慰舒群，说着宽心话："八府塘一定有水塘子，日本飞机不会多投炸弹的。"

"你看，日本飞机又投炸弹了！"

"咱们的高射炮太没用了，为什么不把日本飞机打下来？"

我数了数，天上一共有十六架飞机，轮番俯冲轰炸着。当最后一架飞机飞到八府塘上空，准备往下俯冲时，被地面的高射炮击中了，轰隆一声，变成了一团火球，囫囵个儿栽了下来。躲在防空壕里的市民们都觉得大快人心，直起了腰，欢呼呐喊，鼓着掌。

"打得好！"

当天晚上，雷加到平津流亡同学会那里去，听到了一个不幸的消息：东北作家田菲，从北平流亡到了山西时，在太原躲避日本飞机的一次轰炸中，由于忙于搜集创作的材料，不小心暴露了目标，不幸中弹身亡。

我和舒群听到这个不幸的消息，心里非常难过。去年舒群到北平时，也和田菲见过一面，可惜没有到田菲家里去做客。舒群关心地问我说："田菲家里还剩下什么人？"

"现在，田菲家里剩下妈妈、姐姐、妻子，三个人全成了寡妇。"

我回答舒群的问题，是在向敌人进行一场控诉。

显然，南京也不是久恋之地，我和雷加又去了济南。在济南师范学校里，已经挂起了东北救亡总会的牌子。当时，于毅夫是东总唯一的地下党的领导人。此外，还有我、石光、孟述先、孙耕野几位工作人员。我们的工作主要是宣传、动员，向抗日根据地输送革命青年。

有一天，我正在给一位革命青年登记的时候，忽然从上海转来了十五元稿费。这使我十分感慨，如果我在北平能有这笔稿费做路费，大概李素月也能跟我一起跑出来。事有凑巧，雷加也为同样的事情找我商议。他说："现在，抗战开始了，哪里都需要干部。我想给北平张殊写信，让她出来。"

我又补充一句说："我也给李素月写信，让她俩一块出来，那多好哇！"

十八　赴延安

抗战开始，我继续过着流亡的生活。

国民党政府消极抗战，军队节节败退，守一处，退一处，丢失一处，真是兵败如山倒，不可收拾。卢沟桥抗战不久，平津就沦陷了。接着是南京大轰炸，济南失守，我也到处流浪，奔波于开封、郑州和西安之间。到了1938年春天，我过了风陵渡，过了黄河，坐同蒲路火车，到了山西的临汾。谁想山西的时局也是非常险恶。自从太原失守以后，临汾也岌岌可危。到处都是准备撤退的人们，人心惶惶。我们这些流浪的人，更感到有家难奔，有国难投，就像杜甫的诗《旅夜书怀》中形容的："飘飘何所似，天地一沙鸥。"

天无绝人之路，正当我流浪在临汾街头的时候，我遇见了一位在北平左联的朋友，她叫夏英喆，是北平中国大学的学生，喜欢文艺。我在北平主编《文学导报》时，她曾在《文学导报》上发表过剧本《一个女人的女人》，是左联里小有名气的女作家。由于这些关系，我和她有些熟悉。她也是一二·九学生运动的健将、民先分子。她来到临汾，主要是负责临汾的民先队的工作。

夏英喆热情地对我说："你记得吗？平津失守以后，我们是坐着英国轮船一块出来的。"

我补充说："当时一块流亡出来的还有余修。"

"你知道余修现在在什么地方吗？他已经到了延安，在延安的陕北公学学习，真使人羡慕。你这次来西北，有什么打算？"

"只要是救亡工作，我做什么都行。"

夏英喆，沉吟了一会儿，似乎有些为难："你要是早来两天就好了。这里的抗日救亡工作敞开了大门，有山西的动委会、民先总部、山西民族革命大学，到处都需要干部。可是现在日本军队要进攻临汾，山西各机关团体都准备撤离疏散。你要是愿意随着团体到新的地方去工作，我可以给你去联系一下。"

夏英喆出去有半个时辰，就和山西动委会的主任接过头，替我联系好了工作。让我第二天早上9点钟，到山西民族革命大学的校门口，等候去岚县动委会的大汽车，已经办好了手续。

次日，我准时到了山西民族革命大学的校门口，恰巧那里停了一辆敞篷大汽车。我问司机，知道是去岚县的，就上了汽车。这工夫，车上又上来七八个人，有背挎包的，有背行李的，送行的人都空着手，都有些依依不舍。司机鸣着喇叭，预示着汽车将要开动。我就要离开这个地方，走上新的工作岗位，心里有一种轻松之感。正在这个时候，突然从地下跳上来一个塌鼻梁的山西干部，蛮有官架子，打着官腔对我说："同志，你到哪里？"

我说："我到岚县动委会。"

"你得到谁的允许了？"

我向他介绍了夏英喆和动委会主任接的头，讲得也很简单。

那个塌鼻梁的山西干部不客气地说："我不认识夏英喆。你说的夏英喆找的动委会的主任，我们动委会有三位主任，他们是续范亭、程子华、南汉宸，夏英喆到底找的是哪位主任，你能说清楚吗……"

我刚来到山西，人地两生，一切都是陌生的。我不认识续范亭和程子华，至于南汉宸，我只知道他是杨虎城的秘书，不知道他是动委会的主任。我觉得有些孤立，孤掌难鸣。

"你下车吧！"

那个塌鼻梁的山西干部冷笑了一下，下了逐客令。我想，如果我下了车，又往哪里去呢？我觉得前途茫茫，不堪设想。我坚持着不下车，据理力争："不是夏英喆和你们的主任说好，要不我能坐你们的车吗？"

两下争执得不可开交，谁也不肯让步。乘车的旅客非常着急，送行的客人也议论纷纷。这时，突然从送行的人群中走出一位青年，他中等身材，穿着套筒马靴，挺身而出，当着众人有力地说了话："我是端木蕻良，我和白晓光是萍水相逢，今天是初次相识。请你先下车，我想事情是会弄清楚的。咱们都是东北人，不远千里，流亡到了山西。我们不是为了要坐汽车，而是为了要抗日救国。"

就在不久以前，我还读过端木蕻良的《科尔沁旗草原》，我很喜爱他的作品。现在他又仗义执言，使我更加感动。我下了车，和他热情地握手，大有相见恨晚之感。后来，由于端木蕻良的调解，动委会的同志也了解了我的身份，同意我上汽车去岚县了。这是我和端木蕻良的第一次见面。

我到了岚县后，见到了南汉宸同志。他以忠厚长者的风度和我谈话，委任我为岚县郭家沟工作团的团长。我在那里配合一二〇师的反扫荡，做了三个月的群众工作。后来，我又去雁门关外续范亭的游击队打了三个月的游击。休整期间，我回到了后方。

有一天，我独自出来散步，不知不觉走到了黄河的东岸。这里是保德县的古城，它经历了日本军队黑田旅团的扫荡，到处是房倒屋塌，一片瓦砾，在乱瓦土堆里已经长出了荒草。祖国呀，你是多么荒凉！

黄河怒吼了！它夹着波涛巨浪，排山倒海地冲过来了。它跳过了龙门，奔向东海。站在它的旁边，我感到了它的气势，它的生命的活力。遥望黄河对岸的山岚，天高云淡，景色依依，青堂瓦舍，看不到一点战争的痕迹。我问一位山西老乡："那里是什么地方？"

山西老乡回答我说："你怎么不知道，那里是陕北的府谷，再往前走，就是陕甘宁边区了。"

噢！陕甘宁边区！啊！延安！我忽然感到，我寻求了多年，我追求了多年的革命圣地，现在就在我的眼前了。我做梦也没有想到，奔向延安的这一天终于来到了。

我过了黄河，向陕北的老乡一打听，这里离延安还有一千三四百里地。我下定了决心，就是路再远，我也要达到目的。我计划每天走上一百里地。天气热了，我就把棉衣脱了，把毛衣也丢了，为了轻装，我只保留了一支钢笔，一个指南针。有了指南针，我就不会迷失方向。我走到第十四天头上，已经望见了延安的宝塔山。

当我一眼望见了宝塔山时，我突然强烈地意识到自己回到了家！这里就是我向往已久的地方，我的流亡生活从此即将结束了，心里真是感到无比舒畅，就像一块石头落了地一样。

延安是个自由的天地，是中国革命的圣地。这里没有压迫，没有剥削，没有贫困，我不用再为生活犯愁了。这里有小米吃，有窑洞住，有革命的书籍读，这里到处是笑声，到处充满了革命的朝气，到处都是寻求真理的热血青年。早晨耳畔响起起床的号声，晚上聆听着从三边回来的贩盐的骆驼队的驼铃声，都是那么悦耳，令人激动。

我到延安的第二天，在小砭沟口，遇见了北平左联的盟友余修。原来，我和余修在英国轮船上分手后，他比我早四个月来到了延安。他现在在延安的陕北公学的二十五队做助理员。他劝我留在陕北公学，并且介绍我和陕北公学的校长成仿吾进行了一次谈话。

我不认识成仿吾，与他从来没有见过面。我想象中的这位权威的文艺批评家，一定是长得身材魁梧，气宇不凡，威气凌人的大人物。想不到成仿吾却是个身材矮小，又黑又瘦，其貌不扬的忠厚长者，他的生活也非常朴素，他住在一孔土窑洞里，墙上挂着八角军帽，地上放着炭火盆，处处都显出一位老红军的特征。他说话慢声细语，憨厚地对我说："你和余修在北平就认识吗？"

我说："我们在北平一起参加左联，常在一起开会。"

"你认识作家洪灵菲吗?"

"我流亡到北平的时候,洪灵菲已经给国民党杀害了。在左联里,我认识曹靖华同志。"

"你喜欢曹靖华翻译的《毁灭》吗?"

"喜欢。我还喜欢高尔基的《母亲》。"

"那么中国作家的作品你都喜欢哪些?"

"我喜欢鲁迅的杂文,笔锋犀利,泼辣幽默,有战斗性。"

我称赞鲁迅的时候,突然想起来成仿吾曾经和鲁迅发生过争论,我在这个场合称赞鲁迅,是不是对成仿吾失礼呢?就在我觉得有些惶惑的一刹那,成仿吾皱皱眉头,沉默了一下,用一种平静的口气说:"鲁迅是中国文坛上的伟大战士,他是正确的。"

我望一望成仿吾那忠厚长者的脸,谦虚地说:"我是个青年,我希望到陕公学习革命的知识。"

成仿吾爽快地答应说:"我们欢迎你来。你到陕公二十七队报到就行了。"

就这样,我进了陕北公学,开始了一种新的生活。每天早晨,一听到清凉山上的七音号声嘹亮,我就赶快起床、叠被、洗脸、刷牙、做早操、跑步。然后收拾饭盒和小勺,准备吃早饭。然后就听报告,参加小组讨论会。每星期三是救亡日,全班都参加救亡活动。我被推选为墙报委员,每周要出一期墙报。大家最感兴趣的是听大报告。我进陕公以后的第五天,就有幸听到了毛主席的一次报告。

那一天,天气晴朗,虎头峁上,小燕轻飞,山沟下的草坪如茵。毛主席坐着红十字的救护车,从凤凰山来到了这里。听众早已把大砭沟的草坪坐满了。有抗大的,陕公的,鲁艺的,青训班的,还有杨家岭中央机关的干部,陕甘宁边区政府的干部,以及王家坪的战士们。大家都迫切地关心着中国的前途,都想听一听毛主席讲讲中国抗战的前途问题。

那一天,毛主席也显得心情特别舒畅。他戴着八角形的帽子,穿一双软口青面布鞋，缓步踱上了草坪，站在柳树荫底下，展开宽宽的额头，用炯炯发光的眼睛环视一周后，举起手向大家致意，随后用他那浓重的湖南口音说话："同志们，我今天讲的题目，叫作《山和水的斗争》。"

大家听到毛主席出了这个题目，觉得非常新鲜、奇特，有一种巨大的吸引力。山和水都是人们日常最常见的东西，它们和抗战有什么关系呢？大家都觉得非听下去不可。大家抬起头，仰着脸，闪烁着期望的目光，渴望着毛主席的解答。

毛主席似乎洞察了听众的心理状态，停了一会儿，划着一根火柴，吸了一口烟，做一个手势，对大家开始幽默地讲起来。我记得他讲的内容是这样的，他说：也许有的同志要问，你为什么要讲这个题目，什么是"山和水的斗争"？因为，今天我们进行的斗争，都含有山和水斗争的性质。中国现在不是资本主义社会，是一个半封建半殖民地的社会。连年军阀割据，造成封建割据的形势，经济发展很不平衡。由于这个客观形势，就决定了中国革命必须以农村为根据地，然后由农村包围城市。十年内战时期，我们在井冈山发动武装斗争，组织农民协会、赤卫队，建立苏维埃红色政权，打败了国民党的四次"围剿"，我们是占山为王。现在，全民族抗战了，实行统一战线，在华北，我们建立了许多抗日根据地。我们以游击战为主，占领了华北许多山岳地区。贺龙占领了吕梁山，刘伯承、邓小平占领了太行山，聂荣臻占领了五台山，东北抗日联军占领了长白山，还有燕山、延安的宝塔山、清凉山、凤凰山……

毛主席讲得是那么有意思，下面发出了欢快的笑声。毛主席讲得疲倦了，又吸了几口烟，咳嗽了两声，接着又风趣地对大家讲下去。

他说：在你们中间，有些学生出身的同志，从后方的大城市跑到延安，住上延安的窑洞。延安的窑洞有什么好处？除了冬暖夏凉之外，延安的窑洞里还有马列主义。你们学习好马列主义，将来有一天下了宝塔山和清凉山，到全国各地，去解放靠着大江大海的大城市。

什么上海、南京、广州、武汉、天津、沈阳、北平……一直打到鸭绿江边。

毛主席讲完了。他讲的内容是那么通俗易懂、鼓舞人心，草坪上响起了热烈掌声，长时间不停息。会议刚一结束，群众就把毛主席围住了，有的要求签名，有的要求题字。我是头一次听见毛主席讲话，非常希望他能给我签名留念。我虽然离毛主席的距离并不远，但挤了几回，也没有挤到他的跟前。忽然，我觉得有人拍我的肩膀，回头一看，原来是余修站在我的身旁。他对我说："有个人在二十七队宿舍里等你。"

我不想离开，顺嘴问了一句："什么人？"

"一个女同志。"

"她叫什么名字？"

"我没问她叫什么名字。她说是从北平出来的，有很重要的事情。"

我猜想可能是李素月来了，心里很高兴，大步流星地向着陕公二十七队宿舍奔去。

十九　我们在太行山上

我回到陕公二十七队宿舍，才知道从北平出来的人是张殊，而不是李素月，使我大失所望。原来，李素月住在北平鼓楼豆角胡同五号，而张殊却找到北平鼓楼豆角胡同十五号，不晓得是张殊记错了，还是我写错了，反正张殊是没有找到李素月。但我想，将来我毕业可要到抗日根据地前方去，那时再找机会帮助李素月从北平出来吧。

有一次，我到延安城的边区文协去找柯仲平同志，恰巧遇见了刘白羽同志。

在北平时期，我们几个朋友编《文学导报》时，经常得到刘白羽同志的支持。抗战以后，我从北平流亡出来，在南京又与他见过面。白羽是一个性格开朗，政治热情很高的同志，尤为关心文学事业。他刚从华北敌后抗日根据地回来。他对我讲起抗日根据地的生活，谈笑风生，令我羡慕不已。

我问刘白羽："你到敌后去，上过五台山吗？"

"我上过五台山、太行山、吕梁山。八路军对作家可热情了，只要你想看的地方，都让你看。这次我去八路军的总部，朱总司令亲自对我讲了他的战斗经历。"

"这真是难得的机会。"

刘白羽严肃而正经地对我说："这是毛主席提倡的。希望作家和工农兵相结合，深入敌后抗日根据地，写出能够鼓舞人心的好作品。现在延安文艺工作团已经组织了两批。第一批有我和金肇野，第二批有雷加，第三批报名的有卞之琳、吴伯箫、韩冰野、朱野蕻。如果你愿意去，你就是第三批的团员。"

我报名参加了第三批延安文艺工作团，只带了一些随身用的东西就出发了。

1938年初冬，霜降刚过，第三批延安文艺工作团出发了。一行共是两辆敞篷大汽车。朱总司令和警卫员乘坐第一辆车，我们延安文艺工作团和地方干部乘坐另一辆汽车。当时，由于国民党对陕甘宁边区实行封锁政策，沿路设了十几道关卡，有许多去延安的革命青年被国民党的特务抓走，关进了集中营。所以我们此行也非常小心，在西安七贤庄十八集团军办事处，朱总司令住在哪个房间，都很少有人知道。因为就在半年以前，八路军总部的高级参议宣侠父同志外出办事，被国民党特务抓走杀害了。

清晨，我们又出发了。黎明前下了一场薄雾，笼罩着远处的华山的山峰，岩石峥嵘，残叶飘零，西北风吹着茅草，有一种寒凉之意。我们汽车来到了华阴县，华阴城古老的街道上显得冷冷清清，商铺关了门，一家的屋檐下挂着罗圈幌子，在寒风里摇摇摆摆。一个小贩挑着红薯担子，吆喝了两声，正好停在第一辆汽车跟前。这工夫，从这辆汽车上下来一位警卫员，他背着驳壳枪，穿着灰军大衣，来到担子跟前，买了一根红薯。他把红薯掰成了两半，一半留给自己，一半送给身边一位憨厚慈祥的半百老同志。

韩冰野同志用手指拉拉我的胳膊，让我注意："你看，原来这个老同志就是朱德总司令。"

一路上，朱总司令坐在敞篷车的驾驶楼里。他走出了驾驶楼，舒展一下身躯。他那赭红色的厚实的面孔，浓重的眉宇，显得那么健壮朴实。他穿着和战士一样的灰布军大衣，毫无特殊之处，以至于这一路我都没有发现他。这真使我大吃一惊。

中午时分，两辆大汽车到了灵宝车站附近。它的前面就是函谷关，地势险要。它东临绝涧，西据黄土高原，南接秦岭，北向黄河，它是陇海铁路的要冲，关中的门户，自古以来就是兵家必争之地。现在全国都在抗战，它又成了通往华北抗日根据地的桥梁。

不晓得是什么缘故，汽车开到了灵宝车站前，便停了车，车上的人一律下车步行。

我没有受过军事训练，动作较慢，刚一起步，就落在队伍的后边了。我望望身边的朱总司令，他的身体是那么健壮，挺起胸脯走起路来精神抖擞，满面红光，没有一点疲倦的意思。他一边走着路，一边和警卫员聊天。

过一会儿，前面好像发生了什么事情。一伙群众在那里敲锣打鼓，热热闹闹的，惊动了寂静的山村。在人们的呼喊声里，还夹杂着鞭炮声。我感到好奇，问路旁的一位老乡："前面发生了什么事情？"

"大家在欢迎朱总司令呢！"他觉得我连这都不知道，口气上有些怪我。

我恍然明白了，一个伟大的革命领袖，他随时随地都能得到群众的爱戴。

下午，我们来到太行山下壶关县东沟村。这里四面都是高山峻岭，中间有一溜儿山沟。顺着山坡盖了一趟茅草房子。房墙上刷着白灰粉的大标语：

> 建立巩固的华北根据地!
>
> 实行合理负担!
>
> 实行减租减息!

在村口的柿子树底下，有两个儿童团团员拿着红缨枪，在那里站岗放哨、盘查行人。乍到华北抗日根据地，就给人留下了一种新鲜的印象。

十月小阳春，阳光显得很温暖。在宁静的山村里，响着沸腾的歌声：

> 我们在太行山上，
>
> 我们在太行山上，
>
> 山高林又密，
>
> 兵强马又壮。

我听见那雄壮的歌声，觉得热血沸腾，我的感情完全被融化了，兴奋地对韩冰野说："我们来到了另外一个世界了！"

在旧社会，我四处漂泊，到处遇到的都是冷言冷语、压迫和权势，今天看见了八路军，来到了根据地，我才真正体验到革命队伍的温暖。

第二天，我们这个文工团的成员都去了八路军的总部，见了朱总司令。八路军总部的办公室陈设得很简单，墙上挂着军用地图，桌上放着牛皮制的图囊。那工夫，朱总司令刚送走一位包着羊肚子手巾的农村干部，又戴上老花眼镜，接着看刚送来的一份电报。他看完了电报，用四川话和我们打着招呼："我们一路从延安出发，没有工夫和你们摆龙门阵。"

文工团的团长是吴伯箫，他善于外交，也客气地回答说："我们知道朱总司令很忙，没有敢打扰。"

朱总司令说："现在抗战了，我们八路军在山地打游击，处处需要群众配合。动员参军，交纳公粮，抬担架，站岗放哨，送信，哪一样也离不开群众。没有了群众，八路军就不能打胜仗。"

韩冰野插一句说："在平型关战斗里，八路军还打败了日本的板垣师团。"

"岂止是一个板垣师团。"朱总司令补充韩冰野的话题，又讲下去，"自从我们八路军深入华北敌后，打了很多的胜仗。我们的刘伯承和邓小平领导的一二九师，在阳明堡战斗中，焚毁了敌人的二十四架飞机。贺龙的一二〇师在晋西北作战，粉碎了日本黑田旅团的扫荡，血战四十昼夜，收复了七座县城。聂荣臻同志在晋察冀建立了根据地，有名的狼牙山五壮士就出在那里。"他讲了许多，都是鼓舞人心的。

八路军总政治部对我们非常照顾，在生活上也很优待。天气刚冷，后勤部就送给我们每人一件羊毛大衣。他们特别关心我们的活动安排，让我们下到陈赓旅下属的七七二团，能够有机会参加战斗。事不凑巧，我们下到七七二团之后，两个多月竟没有遇到过一次战斗。

按照延安文艺工作团计划，是经过晋东南军区、冀南军区、冀中军区、晋察冀军区、平西军区、晋西北军区，然后再返回延安。当时，有一支由朱瑞率领的山东纵队，准备到山东开展工作，要通过平汉路封锁线。我们于是跟着这支队伍，一夜急行军百里，准备过平汉路。可是由于敌情的变化，还是没有过平汉路，而在河南的武安一带停止了前进。这一停顿就是一个多月，毫无消息。在焦急等待的情况下，韩冰野到《太行日报》去做了主编，吴伯箫和卞之琳回了延安，朱野蕻开了小差，只剩下我一个了。有一天，我去武安的山村次镇散步，看见街上有一个绿色的邮筒。我一时心血来潮，心想为什么不趁着空隙时间，给李素月写封信，问问她的情况呢？信邮走后不久，我从邮局的木格子里，果真收了李素月寄来的回信。她的信中说：

晓光：

　　自你走后，时局变化，我处境艰险，一言难尽。我父母年老体衰，无依无靠，举目无亲。在万不得已的情况下，我已与另外一个人结婚。

　　命运是多么捉弄人哪，我完全没有想到会是这样的结局。在一分钟以前，我还相信李素月的纯洁、单纯、进步、忠于爱情，可现在我的希望完全落空了。我又伤心，又愤怒，简直无法原谅她。我决定从今天起，便和她一刀两断。我从衣兜里掏出一直精心保存着的她的相片，连同她的回信，撕得粉碎，埋在路旁的沙坑里，头也不回地就往回走。

　　我走在半路上，觉得浑身发软，两脚无根，脑袋空荡荡的。我想着，思索着，渐渐地寻思明白了，李素月与别人结婚，可能确实出于不得已。一个人的道路只能自己去走，别人是不能代替的。在敌人的统治下面，有多少人被剥夺了幸福哇！中国的抗战不胜利，就根本谈不上什么幸福。我要提高觉悟，坚定革命下去的信心。即使是剩下我一个人了，也要完成毛主席交给的任务，继续到华北前线去生活，去战斗。

　　我又重新回到原来的路旁，扒开沙坑，寻找李素月的照片。但周围的沙坑太多了，我数一数，一共有三四十个。由于刚才太冲动，忘了是哪一个沙坑了，只好作罢。

　　就在这天晚上，我终于随着山东纵队过了平汉路封锁线，到了冀南军区。

　　生活翻开了新的一页。

二十　代号

　　这是我头一次过敌人的封锁线，由于缺少经验，弄得晕头转向。
　　走出娘子关，下了太行山，迎面就是一马平川的华北大平原。由于地形的不同，划分出游击区和抗日根据地，不同的地区采取不同的斗争方式。山区的根据地相对比较稳定，每年只有几次反扫荡斗争。而处在平原的部队，几乎每天都要夜行军。给我印象最深的，就要算是1939年过平汉路封锁线了。

那是在一个黑夜，我随着山东纵队出发了。我们离开了武安山村，绕过了磁县，经过了五十里地的急行军，忽然望见两旁的地上埋着电线杆子，这就是说，快要到平汉线了。一想到这就是我等了很久也没有过去的封锁线，我的心不由得开始有些紧张了，自觉地加快了速度。这时，跟着队伍的有节奏的步伐，一条声地传达着口令："跟上来，不要掉队！"

旷野寂寂，四周只有队伍急促的脚步声，马掌撞着铁轨的声音，以及牲口驮子碰撞着铝锅的声音。战士都抖起精神，马儿竖着耳朵，一切都听从口令，大家一鼓作气地冲过了封锁线。

队伍过了封锁线，又急走了二三里，走到一座村落跟前。这天正是阴历初二三，月牙尖尖的，微弱的光芒照在村落的四周。这是一片土围子，四角都有炮台，墙上涂着石灰粉的大标语，却看不大清楚，空气中可以闻到枣树的清香。大概村里的人都睡熟了，一片静悄悄的。后街临道有一条狗，向陌生人汪汪地咬着，真使人讨厌透了。

山东纵队里有人说话了，声音很低："不要去招狗咬了。"

"我们想找一位向导。"

"刚过了封锁钱，就想换向导？"

"向导过了封锁线，想回家。"

"现在深更半夜的，别惊动了老乡。"

"那么……"

村子里开始有人从里面走出来，脚步声咔咔地响着，一边巡视，一边问着话，挑着灯笼，在土围子墙里走来走去。我站在土围子外头，对土围子墙里的情况看得清清楚楚，我不知道打灯笼的老乡在干什么，在商量着什么。正在这工夫，土围子里突然放了一枪，接着，又是几声呐喊："打！打！"

　　山东纵队里有人觉悟过来，提醒大家说："这里是敌占区，是敌人的铁路爱护村。"

　　"赶快撤走！"

　　我们离开了敌人铁路爱护村，急行军走了二十多里，还觉得不安全，不晓得是否离开了敌占区，是否到了游击区。真是一方有一方水土，一方有一方人情。这里的土地连成片，村庄对着村庄，遥遥相望。交通沟纵横交错，拉成了蜘蛛网。队伍走到了一个十字路口，突然停止了前进。月亮偏西了，前面影影忽忽地出现了一个村庄。什么人在那里拉开了大嗓门儿，吵吵巴火地叫喊，仿佛又有什么敌情了。

　　半小时以后，山东纵队的侦察员送来可靠的消息，原来前边的村庄叫张庄，冀南行政公署主任杨秀峰正在张庄宿营。

　　队伍进了张庄以后，我采访了杨秀峰主任。

　　其实，杨秀峰主任也是打了一夜游击，刚刚宿了营。牲口还拴在马槽子上，马肚带都没有解开，准备随时牵走出发。公署的干部夜里过于疲劳了，都来不及脱鞋脱帽，躺在木板上就睡大觉。

　　那天，杨秀峰主任也是行军了大半夜，还没有来得及休息。他穿着一件蓝制服，没有打绑腿，头发蓬松着，他的面孔比我在北平时见到的消瘦多了，但依旧是神采奕奕的。他看完了八路军总政治部给我开的介绍信，露出亲切的微笑，热情地和我握手说："一年以前，我们在东北救国会的学术讨论会上见过面。"

　　我记得那次讨论会。那是在北平时，由东北救国会的负责人汪之力组织召开的。那次出席会议的人中有不少都是北平的名教授。其中有吴承仕、杨秀峰、曹靖华、陈伯达、齐燕铭、孙席珍等。我记得杨先生的发言的题目是关于抗战和民主的关系。他讲到抗战需要民主和统一战线，否则就不能胜利。现在，杨先生在冀南公署打游击，用自己的行动实践着自己的诺言。

　　杨主任介绍冀南的形势和打游击的情况时，精神特别兴奋，侃侃而谈，富有条理，态度也非常谦虚："我初到太行山的时候，对于夜里打游击，还不大习惯。现在下了太行山，几乎夜夜都打游击，才更知道民主的重要性。其实，民主就是动员群众。比如，游击队要吃饭，就得找老百姓，要宿营，就要住老百姓的房子，还有抬担架、送鸡毛信、站岗放哨、过封锁线找向导、挖交通沟，简直处处离不开群众。我们是夜里行军，白天隐蔽，如果没有群众做耳目，等于是两眼瞎。我们冀南公署就是建在马褡子上。我们凭着一匹马，一支枪，一副马褡子。马褡子里装着文件，走到哪里，就在哪里办公。我们没有什么不动产的东西，也没有私有财产，我们最值钱的东西，就是干部手里能有一支好钢笔。"

有一次，我离开冀南公署，到二里地外的冀南军区宋任穷同志的一个部队去采访。那次采访中搜集的战斗材料非常生动而且有意义，讲故事的是民运科的李科长。他讲到生动的地方时，我的旧钢笔却下不来水了，他关心地对我说："你们作家经常写材料，应该买一支新钢笔。"

我说，这里是游击区，也不靠大城市，哪里有卖钢笔的。

李科长告诉我说，冀南公署二〇一也缺少钢笔，他托在北平的朋友寄来一支新钢笔。他原以为花七八元就可以买到。谁知道那支新钢笔是美国派克笔，非十二元不能买到。二〇一不想占用公款，只好把派克笔寄回去。

我到了敌后，知道我们部队由于保密工作的需要，二〇一可能是某个首长的代号，也不便去追问。但心里却合计，这个二〇一是谁呢？正在这工夫，一个背驳壳枪的通信员跑进屋来，通知我有了敌情。

我听故事到了最生动的地方，真舍不得离开，于是李科长又多讲了五分钟。直到我走出了屋子，才知道敌情已经非常严重了。村里的老百姓已经跑光了，武装自卫队也已经转移。儿童团离开了岗哨。去冀南公署的大道上，已经断了行人。

我出了村口，走上去冀南公署的那条大道。忽然看见从冀南公署所在的那个村的方向驶过来两辆大汽车。我自从到华北游击区以来，已经很久没有看见大汽车了。我开始疑虑，既而断定，只有敌人出来"扫荡"，才用这种现代化的交通工具。这时，我发现大汽车后面还有一辆坦克。我觉得不好，转身就往回跑。我拼命地跑，敌人在后面追，接着，又放了两炮。炮弹落在我前面的大道上，扬起一阵灰尘。我抖掉了身上的灰土，又继续往前跑。岔过村口，跨过交通沟，见到前面有一片枣树林子，心里才有些踏实。我听了听动静，大道上已经没有大汽车的声音了。慢慢地，太阳落山了，出现了满天的星斗。远远望去，村中的屋檐下透出一派火光，大概敌人又在实施"三光政策"。

我在枣树林子里转了几圈，迷了路。我不知道是从哪里进来的，该从哪里出去，折腾了小半夜。夜里很凉，云彩遮住了月亮，时明时暗。在枣树林子北头，时而传来牲口咳咳的叫唤，还有人轻轻的咳嗽。我心里嘀咕，这是敌人呢，还是同志呢？我试探着往前走几步，以听虚实。

外面的谈话声听得更清楚了。

一个说："路旁说话，草里有人！"

一个说："二〇一找延安来的客人，嗓子都急哑了。"

我听明白了，走出了枣树林，正好遇到了冀南公署的部队，遇见了杨秀峰主任。我紧紧地握住了杨主任的手，心里热乎乎的。

"二〇一同志，我回老家来了！"

原来代号叫二〇一的，就是杨秀峰同志。

二十一　冀中生活

1939年夏天，我从冀南军区来到冀中军区。比较起来，这里更显得富裕些。盛产小麦和棉花，白洋淀里还有鱼虾。人民的觉悟高，群众运动开展得也轰轰烈烈。这里虽然也有游击区，但战事相对地比较稳定。不久以前，敌人决口了子牙河堤，使冀中成了一片汪洋，大水淹没了村庄和庄稼。相对来说，这也使敌人的现代化交通工具受到了限制，正好，八路军的一二〇师从山西转到了冀中，这使得敌人更不敢轻易出来"扫荡"。

我到冀中军区体验生活，碰到了不少的熟人和朋友。军区的卫生部部长张庆泰，是我东大的老同学；冀中东北救亡总会的负责人顾少雄，是我在新民文会中学的同学；还有我的知心朋友和战友路一。回想我和路一的上一次相聚，真是难忘：我们两人吃一斤大饼，两棵大葱，一边喝着白开水，一边商量着办《文学导报》的事情。我们虽然都很穷，却是那么兴高采烈……一切都历历在目。路一现在在冀中也在办报纸，他为了纪念那一段历史，给报纸起名字叫《冀中导报》。

我问路一："你来冀中工作，一开始就办报纸吗?"

路一说："卢沟桥事变以后，北平失陷，国民党的军队四处溃败，真是兵败如山倒。冀中人民为了抗日，拉起了一股股的游击队，真是司令多如牛毛。"

"这么说，你也做过牛毛司令?"

"我只做了两个月的牛毛司令。后来，在党的领导下，有了真正的冀中司令吕正操，打了几个胜仗，冀中根据地才开始巩固起来，我才开始办根据地的报纸。"

一天晚上，冀中军区召开群众大会。在大会上，吕正操司令员和冀中区的党委书记黄敬同志做了动员报告。会前，路一把我介绍给冀中的两位领导，并进行了一次简短的谈话。吕正操同志虽然地位很高，但态度却很直爽朴素，平易近人，说一口的东北话。他问我是怎样从延安来的。我告诉他，我从延安出来，是搭着朱总司令的大汽车，后来闯过了平汉路，以后就是徒步行军。

路一补充说："他光徒步行军，就已经走了几千里了。"

吕正操司令慷慨地对我说："你没有马骑，给你解决。还有什么困难，一起给你解决！"

我和吕司令谈话的工夫，路一领着一位领导来到我的跟前。他长得洒脱大方、聪明伶俐，我感觉在北平的什么地方好像见过他。我想来想去，他大概就是黄敬同志。

他果然就是黄敬。他先开了口："我们好像在北平清华园见过面。"

"是的。我参加了清华的左联，我还在《清华周刊》上写过文章。"

"你常去清华找蒋南翔吧。现在开会，会后我们谈一谈。"

会后，我们进行了一次热烈的谈话。

在冀中生活的期间，我和路一经常在一起，无话不谈。我们谈到在北平左联时期的老朋友，回忆起大家过着的艰苦的生活，以及和张露薇的斗争，都那么难忘。《文学导报》改组以后，每期的稿子路一都拿给周小舟同志审看，周小舟同志当时是中共北平市委的宣传部部长。我们还谈到了孙快农这个神秘的人物。

我问路一："抗战以后，你又见过孙快农吗？"

路一面带微笑，兴致勃勃地对我说："1938年春天，我们冀中民兵站岗放哨时，发现了一个可疑的人，就把他抓起来了。不想这个人就是孙快农。孙快农在无可奈何的情况下，忽然从《冀中导报》上发现了我的名字，于是找到了我，才露出了身份。他说，他是第三国际的人。后来组织上把他护送到延安，接上了第三国际的关系，使事情圆满地解决。从那以后，就不知道他的下落了。我想，等抗战胜利了，我们一定会再见面的。"

1939年秋天，我随着八路军一二〇师从冀中根据地转移到晋察冀边区。在行军的过程中，我访问了一二〇师的几位首长，给我留下了深刻的印象。

贺龙师长是个夏伯阳式的英雄。虽然半生戎马，却仍然保持着南昌起义时的那种英雄气概，似乎他只要敲敲烟斗，敌人就是躲在碉堡里也会发抖。而关向应政委则是个老练的布尔什维克的化身。他聪颖从容、豁达大度，有着知识分子优秀的品格。至于政治部主任甘泗淇，是个到苏联留过学的军人，他性格开朗，活泼幽默，等熟了以后，他常常跟你开个玩笑："我是个大老粗，对你这位文化人，有点不见经传……"

我提到了自己的一段经历：1938年春天，我曾经在晋西北的动委会工作过，给一二〇师做过参军动员。

贺龙师长快人快语："去年晋西北那次反扫荡，多亏了晋西北老百姓的帮助。参军、送军鞋、抬担架，帮助一二〇师的两个主力团，打败了日本的黑田旅团长，收复了七座县城。真可惜，没有剃光头，还剩下长城外的朔县那个钉子。"

贺龙师长讲到这个地方，兴奋不已，从嘴巴里拔出了烟斗，敲了敲，好像非要使劲拔掉那颗钉子不可。

这工夫，关向应问我说："你在晋西北动委会工作，认识南汉宸同志吗？"

我说："南汉宸同志是我们动委会的主任，还到我们郭家沟去检查过工作。"

关向应政委提到一二〇师在冀中的收获，补充了兵源，扩大了队伍。

贺龙师长连连点头，倍加赞美："吕正操这位同志就是顾全大局。"

正说话的工夫，一个参谋部的干部来报告敌情。贺龙师长又快活地敲了敲烟斗，用胳膊围成一个弧形，满有信心地说："真是冤家路窄，不是冤家不对头。既然来了，那就把他装进口袋吧！"

显然，部队正在酝酿一个大的战斗。这就是后来很著名的黄土岭战役。

我来到晋察冀军区政治部，才知道政治部已经转移了，部长和科长都上了前线，宣传干事抬着油印机，正在坚壁清野，预备部队正在爬山。战斗开始了，从前沿下来的战士已经背着缴获来的三八步枪和日本的牛皮背包了。我向上走到黄土岭的半山腰时，恰巧碰到了冀中火线剧社的胡零同志。他是一个剧作家，为了写剧本，也来参加战斗。他长着枣红的脸，性格爽朗，心直口快，刚见面，就告诉我许多胜利的消息。

原来，晋察冀的部队首先攻占了在雁宿崖的日本千村大队的炮兵阵地，打了一个漂亮的歼灭仗，缴获了两门大炮和三支歪把子机枪。这使得日本第二混成旅团长阿部规秀恼羞成怒，他从涞源出动，又会合在插箭岭的一千五百多日本兵，直奔黄土岭来。他们走进岭东的峡谷中，被我们八路军包围了。一团卡住了敌人的脖子，二十五团堵住了敌人的退路，三支队控制去涞源的要道，还有冀中军区的队伍相助，一二○师的特务团也赶来了。就这样，阿部规秀掉进了我们部队合围的大口袋。

这时节，正是阴历九月梢，山上的海棠结了果，枫叶像血染似的通红一片，猪王草开始发黄了，树上没有了蝉鸣。山谷里不断传来机枪射击的嗒嗒声、手榴弹的爆炸声、冲锋号声，掺杂着人喊马叫，像开了锅似的。

我和胡零待在黄土岭半山腰的指挥部里。这时，电话铃不断地响着，里面不断地传出了攻击的命令。一位参谋长用望远镜观察着阵地上的敌情变化，忍不住大声叫好！

"太好了！这一炮打得真好，又有五六个日本鬼子撂倒了。"

胡零出于好奇，也由于观察敌情的需要，从参谋长那里借来了望远镜兴致勃勃地看着。吹过冲锋号之后，一排排子弹向敌人的阵地横扫过去，手榴弹打得敌人乱窜乱蹦，像热锅上的蚂蚁，无处躲藏，真是痛快极了。正在这时候，上庄的山头上出现了飞机，胡零只好把望远镜还给了参谋长，他和我到山沟里去躲飞机。

我对胡零说："敌人的飞机真是太讨厌了。"

胡零说："昨天，在上庄的山头也来了敌人飞机，还掉下降落伞，不晓得是在搞什么名堂。"

几天以后，黄土岭战役结束了。

战役结束后，我和胡零同志去观察战场。我们从黄土岭走到上庄，一路上见到我军缴获的胜利品都已经拿走，山谷里扔下大批日军的死尸。胡零同志悄悄地告诉我说，借给他望远镜的那个旅参谋长，在观察敌人时被射中牺牲了。

几乎与此同时，日本的几家报纸也报道了阿部规秀旅团长死亡的消息："名将之花凋谢在太行山上！"

尽管用了一些赞美之词，也掩盖不了日本法西斯血腥残暴的行为。

二十二　平西行

1939 年 11 月梢，黄土岭战斗刚刚结束，我就离开了晋察冀边区，准备到平西根据地去。我走的路线是经过易水河和紫荆关，这是战国时代荆轲刺秦王所走过的道路。荆轲早已经逝去了，可吟咏的那首诗歌还长留人间：

> 风萧萧兮易水寒，
> 壮士一去兮不复还！

我路过晋察冀一分区的时候，遇到了诗人魏巍。他是一个热心肠的青年，长着一张枣红色的脸，为人极为热情好客，忠厚憨爽，初次见面，就给我留下了很好的印象。一天晚上，他领我去参加一分区的一个文艺晚会，在这个晚会上，我第一次见到了诺尔曼·白求恩医生，并听到了他的讲话。他的身材高大，穿着一件日本的军大衣，戴着八路军的臂章，在照明灯的闪烁下，头发苍白，精神却很抖擞。他热情地说："八路军的同志们，我今年五十岁了。在前线，我是年纪最大的一个战士，可我仍然是一个战士呀！按着我们国家的习惯，一个人到了五十岁，他的事业才刚刚开始。我来到八路军工作，我的事业也刚刚开始。在世界上，我还没有看到像八路军这么好的军队，我到火线抢救伤员，感到多么幸福……"

白求恩的话使我非常感动。魏巍悄悄地告诉我说，在黄土岭战斗的第二天，白求恩就主动要求上了火线，他把自己的二百毫升的鲜血输给了八路军的战士，一口气检查了三十多个伤病员，又忙着做手术……

我深深地为白求恩的伟大的国际主义精神所感动，很想在一分区再住几天，详细了解白求恩医生的材料。可是魏巍同志告诉我说，护送我到平西挺进军司令部的交通员已经派好了，不好再做改动了，这使我带着一种依恋和遗憾离开。

第二天，当天还刚蒙蒙亮的时候，交通员就领我上路了。他的头上戴着用草编的圆圈，背着马枪，对路径很熟悉，一路上还给我介绍着景致。我们绕过了易水河，跨过了恒山山脉，迎来了半山红叶，枣树林染着秋霜，令人心旷。他悄悄地领着我绕过了一个升着一缕青烟的显得很萧条的村寨，告诉我说：我们已经离开了最危险的地方鸭子沟，躲过了紫荆关的敌人了。往常，鸭子沟经常有汉奸队在这里活动，而今天却很顺利。他说这里盛产红枣酒，过去燕太子丹送荆轲刺秦王时，为了给荆轲壮胆子，就是在这里让他一连喝了三碗红枣酒，从此荆轲一去就没有回来。这多少勾起了我的一点怀古之感。

我来到了平西挺进军司令部的驻地马兰。在这里，我遇到了在北平左联时期的老朋友金肇野，自从北平失陷以后，我们就再也没有见过面。他比我早到的延安，他参加了第一批延安文艺工作团，后来来到了平西挺进军司令部，留在《挺进日报》当主编。

见到金肇野，我非常高兴。我们是北平时的老朋友了，现在在抗日的烽火前线又见了面，感情显得格外深。金肇野是个热情活泼的人。他高兴得一个劲儿地拍我的肩膀，不晓得怎样表达自己的心情才好。他领着我到他的挺进日报社的门前，指着前面的崇山峻岭说："你看，我们挺进日报社前面就是百花山。如果你登上了百花山，还可以望见北平城内的白塔呢。"

他的话勾起了我的心底的记忆。是的，北平是我的第二故乡。我不会忘记我怎样流浪在北平沙滩的街头，怎样蹲过拘留所。我不会忘记自己曾到卢沟桥前线慰问二十九军，也有过一段浪漫的恋爱史……过去的岁月，使我深深地怀念，而又感到痛苦，过去的就让它过去吧！此刻，望着百花山，金肇野却谈得津津有味："你知道，我们的马兰离北平只有一百里的路程。过去，我们在北平时逛过西山，到了颐和园，其实，离百花山已经不远了。将来，我们收复失地，挺进军首先就解放北平。"

我被他说乐了，开了一句玩笑："怪不得你到挺进日报社工作来了。"

金肇野争辩说："我们不是等待抗战胜利，摘取胜利果实。我们要打回老家去，收复东北，解放北平。明天，我领你去挺进军司令部，请萧克将军讲讲平西的形势，你就明白了。"

"老金，你先给我讲讲平西的特点，都有哪些有特色的生活。"

金肇野说："我给你介绍一下平西的野三坡吧。今年春天，我随着挺进军十团长白乙化来到野三坡，队伍休整待命。这里的位置在小五台山、东灵山和百花山之间，也是易县、涿鹿、宛平三个县的边缘地区。这里群山林立，中间被拒马河拦腰截断，进出只有南北两条道。行人或登高山，或失足河底，地势险恶。过去，这里的一些老百姓只知道有明朝，不知道有清朝，更不知道有九一八事变和抗日战争了。这里的村子有十八台，最大的村庄叫"锣鼓台"，由三位老人主持政权。就是这么一个封闭的地方，在我们挺进军的宛平县县长焦若愚同志来到野三坡之后，竟然成立了农会，组织了农会的自卫队，抗日的旗帜也竖了起来，真是改天换地呀，从此结束了世外桃源的生活。"

我到马兰的第二天，金肇野就陪着我到挺进军司令部，见到了萧克副师长。萧克是一位能征善战的将军，看起来却很年轻，大约三十岁的样子。他是一个很有教养的知识分子，很善于接近群众，威信很高。他的生活非常朴素，穿着一件灰色的旧军装，还打了补丁。他一边和我热情地握手，一边指着桌上的海棠果对我说："马兰是个小地方，部队生活贫困。来了客人，我们就用本地的土特产来招待客人吧。"

我介绍了自己参加延安文艺工作团，经过了华北的几个根据地的情况，同时请萧克将军讲讲平西的抗战形势，以及我刚刚听说的这里的"三位一体"战略部署。萧克将军虽早已成竹在胸，却依然显得那么谦虚。他说："'三位一体'的战略，是我们学习毛主席的《论持久战》的心得，总结平西的经验而准备走的下一步的棋。所谓'三位'，就是巩固平西，开展平北，坚持冀东。平北是桥梁，我们八路军利用平北这个桥梁，就可以打回东北老家去。"

我和金肇野都是东北人，我们听到了"打回东北老家去"这句话，都非常激动。金肇野说："十团的战士听说要打回老家去，都在摩拳擦掌呢！"

我问："是你说的那个住在野三坡的十团吗？"

萧克将军点点头，算是替老金做了回答。他还谈到最近十团要有一项战斗任务，希望我能够参加。

我和萧克将军谈话的时候，注意到他的办公桌上放本苏联的小说《铁流》。我像发现一个新大陆一样，感到一种吃惊和兴奋："原来萧克将军也读文艺作品！"

老金在旁边补充说："萧司令员还在写长篇小说呢！是写国内革命战争的题材，快脱稿了吧？"

我提出想拜读一下萧克将军的小说，他却很客气地说，他还需要把长篇小说再修改几遍，现在还不是给人看的时候。"现在正忙着打仗，也不是写小说的时候。当然，你们延安文艺工作团的同志，是个例外。"

老金说："中国需要有自己的《铁流》。"

萧克将军又进一步说："中国有些反映抗战的作品，却是千篇一律的。写枪声总是用'啪啪'，写炮声总是用'轰轰'。其实枪声在高处是一种声音，在低处又是一种声音，枪声的远近，有没有危险，有战斗经验的都可以区别出来。你们到了前方，《铁流》就出来了。"

在回来的路上，老金给我介绍了十团团长白乙化的英雄事迹。他是东北辽阳人，从东北讲武堂毕业。"九一八"以后，他在辽河套拉起了抗日义勇军，打着平东洋的旗号。他还参加过一二·九学生运动，和国民党警察进行过搏斗……现在，他们十团正在开辟平北根据地，准备着有一天打回老家去。他英勇机智，豪爽勇敢，打了很多的胜仗。因为他姓白，这里的老百姓都亲热地称呼他"小白龙"，而敌人却闻风丧胆。金肇野的话，引起了我对白乙化的极大兴趣。

过了三天，我随着十团的直属队出发了。

初冬的时候，察哈尔的大道上有些苍凉。桦树林子里刮来透骨的凉风，战士的干粮袋冻成了冰柱，雪花在旷野里飞舞着。在行进的队伍里，不时响起吹哨子换肩的声音，伙夫担子的撞击声，和着杂乱的脚步声，发出低调的交响曲。

白乙化骑着一匹小红马，从直属队的后面赶上来。他高高的个子，留着两撇小胡子，越发显得英俊威武。他不时地勒着马嚼子，放慢速度，在行军的路上，和战士们边走边唠。

"团长，咱们什么时候宿营?"

"你们要听命令，叫宿营就宿营。"

队伍走到察哈尔的一个叫"甸子梁"的山脚下，开始休息。

在甸子梁的山脚下，有一间半塌的小房，一个老汉正在那里歇气。他披着羊皮袄，穿着羊皮靴，背着酒葫芦，对着两个战士讲述着前两天发生在甸子梁的一件事。一个羊倌赶着羊群过梁，半路上下了雪，最后羊倌和羊群都冻死了。原来这里的风俗有三大忌讳，即阴天下雪不过梁，起早贪黑不过梁，单身汉不过梁。经他这么一说，一部分战士有了畏难情绪。

这工夫，白乙化来到了甸子梁前面，下了小红马。他注意到战士的情绪，又看了看地图，想到十团承担的袭击察哈尔西合营以牵制敌人、配合晋察冀根据地的反扫荡的任务，就必须翻过这座梁。于是他大声地鼓励战士们说："同志们，我们是共产党的队伍，什么困难也压不倒我们!"

政治部主任也做了宣传鼓励。白乙化领着全团战士，一鼓作气，迎着雪花，冲上了甸子梁。队伍急行军三十里，来到了一个村庄。这里只有七八户人家。听老百姓说，这里叫"光葫芦山"，在军用地图上叫"光华山"，也就是戏剧里曹福走雪山的雪山。

宿营的时候，我和白乙化住在一起。这是一间小草房，炕上铺着荞麦秆。经过了一天的行军，我早已是筋疲力尽了，躺在荞麦秆上，我觉得非常舒服。可是白乙化却依然精神抖擞，他还要布置岗哨，传达口令，又派出侦察员去侦察西合营的敌情，同时还在和我谈心。

"你从延安出来行军，还没有吃过这样的苦吧?"

我谈到了我来华北根据地这一路上的经历，以及在延安的生活和感受。当我谈到我在延安陕公学习时，曾听到了毛主席的那个"山和水的斗争"的报告时，白乙化非常羡慕地说："你们在延安，真是太幸福了。"

我问："你在延安还有什么朋友吗?"

白乙化沉吟了一下，很爽快地说："我有一个女朋友现在在延安的边区妇女会工作，我们两人感情很好，但两地相隔，连信也不能通，真是家书抵万金。"

我答应白乙化，准备在我返回延安的时候，给他的爱人带去情书。

我为结识白乙化这样的朋友而高兴。我们谈得很投机，谈工作，谈个人的经历，谈爱情，谈家乡，就像已经认识了很久一样。我们正谈得高兴的时候，译电员送来一份电报：

白：

一、晋察冀军区反扫荡已胜利结束，残敌在退却中。

二、现敌增兵南口、樊山等处，有扫荡平西企图。

三、目前的紧急任务是保护平西根据地，急速转移。

由于形势的变化，部队又接受了新的任务，准备着新的行动，我随着十团离开了察哈尔，又回到了平西的马兰，部队进行一段休整。

一天，白乙化和金肇野从挺进军司令部开会回来，来到挺进日报社的办公室。一进门，他俩就掩饰不住满脸的喜气，兴奋异常。手忙脚乱，互相推推搡搡的，说不上怎样表现才好。我很纳闷儿，就问他们："你们怎么这么高兴啊？"

金肇野说："你猜一猜吧！"

我猜不到。白乙化直率地告诉我说："萧克司令员给我们十团一项新的任务，挺进平北去。"

"再往前走一步，不就打回老家去了吗？"

我一想到要打回老家去，心里就格外激动，怪不得他们那么高兴呢。想一想，自从"九一八"以来，我已经有八九年光景不知道家里的任何消息了。我是多么想回家看一看，并跟着十团打回辽河套哇！就是喝一口高粱米粥也是香的。可是，我在敌后的战斗采访的任务还没有完成，我还要到晋察冀的滹沱河流域一带去，我还要回延安去汇报工作，不能半途而废呀！老金知道我不能到平北去，为了安慰我，爽快地说："我金大个今天请客。我买一瓶紫荆关的红枣酒，再炖上一只小鸡，咱们叙叙家常。等到了平北，再想会餐，就不那么容易了。"白乙化慷慨又激动地说："也许这一次是荆轲刺秦王，一去就不回来了。"

老金有些不高兴，批评白乙化说："白大个，不要这么说。我们一定要打回老家去！我要再看看我们辽中县的辽河套，看看地里的大草甸子。我小时候，在草地上放过牛，捉过蝈蝈。我这次回家，还要在那里放放牛，看看那里的乡亲。"

老金的思乡感情，也勾起了我的无限感慨："我家住在新民县的辽河套边，那里也有大草甸子。一到夏天，柳树毛子发了芽，那里就藏着义勇军。我的舅舅是辽河套的老庄稼人，他受日本人、地主、汉奸的欺负，曾想叫儿子参加义勇军。我从东北流亡到北平时，舅舅就把希望寄托在我的身上。他对我说：'这年头，男子大丈夫还是出去闯一闯吧。不蒸馒头，还要争口气呢！'"

就在这种壮烈的惜别的气氛中，我和他们分手了，带上白乙化给他在延安的爱人的信，回到了晋察冀四分区。

此时的中国的抗战，已经进入了相持的阶段。华北的战事越来越频繁，特别是冀中地区，经过了五一反扫荡以后，群众的生活越来越困难。这期间，我参加过温塘战斗、东黄泥战斗、滹沱河战斗，到高碑店观察过敌情，还随着民兵扒过平汉路铁道。生活始终过得紧张而忙碌。

二十三　延安"文抗"作家群

1941年初夏，我从敌后根据地返回了延安。过同蒲路的时候，又经历了一次危险。

还是在新年以后，我们就开始准备过同浦路了。这次，护送我们过同浦路的部队是警卫连。我们出发后，一律都是急行军。这里山高路险，行军又是在黑夜，伸手不见掌，两眼看不见路，只能机械地脚跟着脚向前走，往往一步跟不上，就掉了队。为了保密，什么情况都不知道。趁着黑森森的夜色，前面朦胧胧地看出吕梁山麓，显得郁郁苍苍。队伍经过一处地方时，只见一片灿烂的灯光，汇成了一串红色。我心里暗暗地想，那里就是太原吧，是不是快过同蒲路封锁线了？正这么想的时候，队伍突然停止了前进，并且来了个向后转，按照原路又往回走。于是，这次过封锁线没有成功。我又回到了晋察冀根据地。

后来听说，这次行军的任务，是为了掩护一位姓彭的大干部去延安，但不知为什么却走漏了消息。半路上警卫连遭到了敌人的伏击，所以只好又回来了。这样一来，我在晋察冀根据地又多待了半年，还参加了滹沱河战斗，参加了百团大战。后来我又随部队第二次过封锁线，这次一路上都很顺利，于初夏季节回到了延安。

> 啊，延安
> 你这雄伟英雄的古城
> 弯弯延河水
> 巍巍宝塔山
> …………

我是1938年离开延安的，算起来这次离开它也有三个年头了。这三年里，延安有了很大的变化，祖国的山河也有了很大的变化。延安的风景依然如故，依然那么庄严古朴，延安的生活里更焕发出一种精神，这就是延安精神。它蓬勃向上，充满着革命的内容，它是所有生活在延安的人都能感觉到，为之鼓舞，并在实践着的。

延安原来的文学创作机构只有一个，这就是边区文协，驻会的作家也只有三五名。后来成立了延安文艺界抗敌协会，简称"文抗"，驻会的作家就多起来了。它颇有些像后来的作家协会类似的组织。当时，"文抗"里有从大后方来的作家，有从前方回来的作家，真是人才济济，盛极一时。

我从前方回到延安以后，组织上把我安排在"文抗"搞专业创作，住在"文抗"的蓝家坪窑洞。我的新邻居是大诗人艾青。他早年在法国留过学，有很高的艺术修养。他的诗《火把》和《向太阳》，在文坛上影响很大，我也非常喜欢。艾青的为人却很谦虚幽默，我们俩经常在一起下围棋，不计较输赢。有一次我到他的窑洞里去聊天，恰好他那里来了一位客人。那个人四十岁左右年纪，长得高大魁梧，满面红光。他总是和颜悦色，显得很有修养。艾青向我介绍说："这位是彭真同志，他刚从晋察冀边区回来。"

我一下子想起来和我们一起过同蒲路封锁线的那位姓彭的大干部，恍然大悟，那恐怕就是彭真同志了。他回延安是准备参加中共的七大会议的，后来会议延期了，他就留在了延安，担任延安中央党校的校长。我和彭真同志握握手，我又多认识了一位中央首长。这时，彭真同志热情地对我说："抗战以后，从大后方来到延安的作家多起来了，到敌后根据地的也不少。我听说最近中央要请客，专门请作家们去谈谈心。今天，我先找机会来看看大家。"

彭真同志离开艾青的窑洞后，又去了萧军的窑洞。后来听说，他们谈得很融洽，也很坦诚。因为萧军是东北讲武堂的军人出身，他喜欢手枪，彭真同志特意送给他一支手枪。

三天以后，果然在西北饭店摆宴请客。请客的主人是中共中央书记处书记张闻天同志，被邀请的对象，绝大部分是从大后方来的知名作家，基本都住在"文抗"。大概因为我刚从敌后根据地回来，又在"文抗"搞专业创作，所以请客也有我一份。

那天，"文抗"的作家最先来到西北饭店的，是艾青、韦嫈这对夫妇。接着陆续来到的，有来自南国的知名作家欧阳山和草明，还有来自"东北作家群"的著名作家罗烽和白朗。罗烽是在东北从事过地下活动的老共产党员，一向老成持重，话语不多。他给我们讲起周恩来副主席设法掩护他们来延安的情形，真切感人，娓娓动听。还有舒群，也是一个典型的东北汉子，性格耿直豪爽，说话也是大嗓门儿。他的《没有祖国的孩子》，是我们东北抗日文学短篇小说中的佼佼者，真正体现出我们东北人的反抗精神。还有著名作家萧军，他既有着我们东北人的反抗性格，又有着个人英雄主义，是个极有个性的作家。还有严辰、逯斐这对夫妇，他们温和文静，品质善良，令人起敬。来的还有李又然，他是一位有着书生气的散文家，他的《国际家书》，是简练精缩的典范，我很喜欢。他曾见过法国的罗曼·罗兰。接着来的散文家和画家是张仃、吴伯箫、庄启东。此外，还有著名的评论家林默涵，哲学家艾思奇等。大家热烈地交谈着，兴致勃勃。这时，从外面又来了一位军事干部，他身材魁梧，衣冠楚楚。鲁艺的校长周扬同志迎上去，介绍给大家："这位是我们的军事文学家吴奚如同志。"

提到了军事文学，自然应该首先想到刘白羽同志。是他于1938年受毛主席的委托，先后组织了四批延安文艺工作团，分赴华北各根据地，深入八路军的各个部队，也使我有了到前方生活的机会，我自然是很感谢他的。吴奚如同志是来自新四军的干部。当时由于国民党的积极反共，制造了骇人听闻的皖南事变，一些内幕的情况我们还不大清楚。在这里，我还遇到了在一八一师做政治工作的两个朋友，这就是黑丁和曾克同志。黑丁的小说《炭窑》给我留下了深刻的印象。曾克更是文艺界的女中强手和热情的活动家。她一来到西北旅社，就给我介绍老诗人柯仲平："这是我在开封北仓女中读书的柯仲平老师。"

我刚到延安的时候，曾在柯仲平领导的边区文协工作过，这次又见面，感到非常亲切。这时，别人也在招呼着他："诗圣、酒仙、老柯来了！"

正当作家们谈笑风生的时候，张闻天走进了屋子，作家们都落了座，也停止了谈笑，屋里有一种严肃的空气。看得出来，参加会议的作家都非常尊重张闻天同志。他的身材魁梧，他那宽宽的脸庞上显得谦虚又慈祥，有着一种儒雅的长者风度。他缓缓地和在座的作家们一一握手，最后坐在了丁玲同志的旁边，见景生情地开始了开场白："这么多作家都来了。今天请大家来喝酒，也为《解放日报》副刊拉稿子。丁玲，你们的副刊不需要稿子吗？"

丁玲同志从容大方，回答得更妙："我们《解放日报》副刊既要向作家拉稿子，也要拉作家去当编辑。有哪位作家肯去帮忙？"

大家又把兴趣转移到《解放日报》的副刊上，一边喝酒，一边谈论着文艺创作上的问题，一边吃着当时延安的名菜。记得菜名有"三不沾""蜜汁钴辘""羊肉泡馍"等，这些虽然不是什么珍奇上品，但在当时延安的物质条件下，已经是难能可贵的了。

当时，我不禁想起了张闻天同志在刊物《解放》上发表的一篇文章《论待人接物问题》。自从第二次国共合作以来，共产党和国民党搞统一战线，"待人接物"，团结抗战就提到日程上来，而文艺界也要搞统一战线。在这次会议上，我就产生了一种感觉，就是从大后方来的作家被普遍邀请，而从前方根据地来的作家，却有不少的遗漏。如柳青、杨朔、周而复、鲁藜、李雷、方纪、罗丹、魏伯、雷加、师田手、石光、崔璇、金肇野、白朗、韦明……都没有来。我提到的这些作家，绝大部分都在前方根据地生活过，又都回到了延安，成为"文抗"的专业作家。那时，张闻天同志也许还不全认识这些作家，但他对文艺工作却是相当重视的。他问我说："你从敌后根据地来，见过贺龙同志吗？"

我回答说经过晋西北时，曾经见过贺龙同志。

"一二〇师的生活怎么样？"

"他们吃黑豆。"

我讲到夜行军的情况，讲到我们在阜平县农村吃过杨树叶子。张闻天同志也动了感情，他沉思着，说："我们共产党坚决抗战，国民党却搞摩擦，封锁边区。我们怎么办？毛主席说，我们要自己动手，丰衣足食。咱们的三五九旅开垦南泥湾，一把锄头，一支枪，在密林中安家，向荒山要粮。这就是我们的出路。"

那次宴会开得很生动，我的感触也很多。

二十四　良夜情曲

宴会完毕，我离开了西北饭店。我出了延安北门，沿着延河往前走，刚走到小砭沟口，半道上遇到了三位女同志。她们是丁玲、曾克，还有一个我不认识的女同志。她长得机灵大方，两只炯炯有神的眼睛，像成熟的杏仁一样打人儿。我真想再看她一眼，可她却头也不抬，挽着曾克的胳膊，轻盈地拐上了去大砭沟的羊肠小道。丁玲同志走得稍慢，和我就伴。我们谈起远在晋察冀的西北战地服务团，兴趣很浓。

"你什么时候去西战团的？"

"那是半年到一年前的事。我和周而复出来打游击，路过阜平，西战团的作家正在沙河边休息。"

"你碰到了哪些作家，有田间吗？"

"我遇见了田间、邵子南、方冰，我还带回他们写的诗稿，也有一些街头诗。"

"这可太好了！我们《解放日报》的副刊要创刊，正需要反映敌后抗战的稿子。"

丁玲同志开心地笑了，笑得那么自然。我还在东北大学时，就读过她的《莎菲女士的日记》。丁玲是全国有名的大作家，她却一点也没有大作家的架子，非常朴实，平易近人。她像对知心的朋友一样坦率地对我说："再不然，你到我们《解放日报》来当编辑怎样？"

我把想搞创作，不愿当编辑的想法告诉了丁玲。她继续动员我说："你当编辑也不影响创作。如果你将来想写长篇，还让你回'文抗'继续搞创作。"

丁玲同志很通情达理，她理解我的创作需要，我也就不好意思再讲价钱了。晚上我见到曾克时，把要到《解放日报》去做编辑的事情跟她说了。曾克说："我看你可以答应，丁玲是在帮助你。现在，还有一件事情，我想给你帮帮忙。"

我一时摸不着头脑，顺嘴说道："你说吧。"

"我想给你介绍一个爱人。"

曾克坦率热情，这件事情她已精心地考虑过，她先给我介绍了对方的情况："她是我的老同学，在开封北仓女中上学，后来考上延安女大。近来又调到中央妇委蔡大姐那里工作。她很喜欢文艺，她的名字叫申蔚。"

"我能看见申蔚吗？"

曾克对我微微一笑，仿佛是在开玩笑，又是埋怨我说："今天我们三个女同志在一起走路，其中有一个你不认识的那个女同志，她就是申蔚呀！你不是看见她了吗？"

我支吾道："我没有看得很清楚。"

于是，经过曾克的有意安排，请申蔚到她家中做客，又安排我和申蔚见面，这样就顺理成章了。那天，一切都很顺利，申蔚按时来到曾克的窑洞。她脚步轻盈，仪表大方，椭圆形的脸庞，伶俐的杏仁眼睛，温存潇洒，比我第一次见到她时的印象更深刻，我简直找不到一点缺点。她和曾克是老同学了，两个人一见面，就谈起了开封北仓女中的事情。

"申蔚，你到延安以后，见到柯仲平老师吗？"

申蔚轻巧地说："没有。我到延安以后，只见过柯仲平老师写的那首《边区自卫军》的诗，还没见过边区剧团演的柯老师的戏。"

曾克看见机会已到，就趁机把我介绍给申蔚，说我在东北大学时期，就崇拜柯仲平的长诗《风火山》，来到延安以后，又在柯老师领导的边区文协搞创作。今天，又带来了边区文协的两张戏票。这样，我和申蔚就认识了。

晚饭后，我和申蔚去边区礼堂看话剧《流寇队长》。看完戏后，天已经黑了。我们走出延安北门，沿着河边走着。夜深人静，四寂无声。东山的月亮初升，浮云掠过山头，延河淌着潺潺的流水，星星在头上眨着眼睛，远处的驼铃已经消失，青蛙在池塘里唱着欢歌，奏着良夜幽情曲。宇宙茫茫，银河耿耿，仿佛要把人带入了梦乡。

我和申蔚一边走着，一边听着哗哗的流水声，仿佛交流着一种心情。但究竟是什么心情，却说不出来。沉默了一会儿，申蔚似乎发现了什么秘密，忽然开口惊讶地说："啊，我们按照原来的路又走回来了。"

"是原路，前面就是小砭沟了。"

申蔚提到了昨天见到的丁玲，又佩服，又惊叹，称赞不已："我非常喜欢丁玲的《莎菲女士的日记》，小说里的主人公多么大胆、坚定、勇敢地冲破封建的牢笼，无所畏惧。"

我和申蔚找到了共同的语言，态度就不那么拘束了，思想也敞开了。

"你看过丁玲写的《三八节有感》吗?"

申蔚毫不迟疑，爽快地回答说："我看过了。真是一篇好文章。"

"是你个人说好，还是你们妇委的多数人说好?"

"多数人说好，少数人反对。作为一个女同志，就应该有事业心嘛!"

我俩边走边唠，不知不觉走到了八路军总政治部的门前，门前有一座木板浮桥。申蔚要回去，得过这座桥。夜深人静，河水潺潺地流动，有些瘆人。申蔚望着河里的水花，似乎有些发怵，忽然停下了脚步。我意识到有责任帮助她过河，自然地拉住了她的手。这时，一股神经质的暖流，通过手的末梢，流遍了全身，使我体验到一种异样的幸福。过了桥之后，才觉得时间是多么短促。

我们走到了杨家岭，经过了中央办公厅，见到毛主席住的窑洞依然灯光灿灿。再往前走，就是半山坡的中央妇委的窑洞了，那里有哨兵在站岗放哨，我也该回"文抗"了。这是一个多么美好的夜晚哪，我真舍不得离开。我感到心里充满了希望，从来没有这样充实。

二十五　在蓝家坪的日子

我这次回延安，住在蓝家坪的"文抗"，却要到清凉山的《解放日报》去上班。因为"文抗"是延安作家集中的地方，而且人又熟悉，拉稿方便。上班的时候，顺便就把作家的稿子带到《解放日报》了。对我来说，还有一个重要的问题，这就是我的组织问题。我长期在党的领导下工作，现在是解决组织问题的时候了。"文抗"的书记刘白羽，已找我谈过两次话，"文抗"的组织委员柳青，也找我谈过话，愿意做我的入党介绍人。不久，我就入了党。

我头一次到《解放日报》去上班的时候，带去了艾青的一首诗和刘白羽的小说《同志》。由于《解放日报》刚创刊，文艺副刊的篇幅小，延安的作家又多，使丁玲主编副刊有许多困难，每天只能发一两篇稿子，还要照顾到方方面面。除了"文抗"的作家，还要照顾到延安"鲁艺"的作家，还有"鲁艺"的同学。丁玲同志和我们两个编辑，在文艺栏发表文章排在最后。我发表了一篇小说《过甸子梁》，用的是"马加"的笔名。丁玲同志看了以后，说："你的小说有北方作家的特点，表现得很深沉。"

自从1942年以后，从前线回来的作家渐渐多了，前后有周而复、鲁藜、韦明、金肇野、崔璇……作家回来多了，组稿也容易了，我感到非常高兴。另外，金肇野还告诉我一个最不幸的消息：白乙化在长城鹿皮关战斗中牺牲了。我非常悲痛，和白乙化在一起的往事不禁浮现在眼前。为了怀念这位老朋友，我写了一篇小说《宿营》，发表在延安的《谷雨》上。这时，我开始酝酿写长篇小说《滹沱河流域》。我把创作的计划告诉了丁玲同志，她非常支持我的创作。于是，我又从《解放日报》回到蓝家坪的"文抗"，继续从事创作。

这时，每个星期天对我来说都是幸福的日子，因为我和申蔚都要在蓝家坪约会。在这一天，我的精神集中不起来，看书也看不下去，写东西也心不在焉。有一次，申蔚久久地没有来，我心里很焦急。这时，曾克来了，我不由得问她："是不是她不来了。"

曾克看见我的焦急心情，很理解我，她安慰我说："我问过申蔚，她说她没有爱人。她只是认识一个河南老乡，是许参谋长，在中央党校一部学习。申蔚和她的女朋友常到他那里去玩。"

吃晚饭的时候，申蔚突然来了。她脚步轻盈，用一双诚实的眼睛看着我，虽然一句话也没有说，但我觉得已经一切都不用解释了。这时，曾克从窑洞门口打饭，问她："申蔚，你到我们那里去吃饭吧。"

申蔚从容自然地说道："我就在这儿吃了。在杨家岭我吃的也是大灶。"

晚饭后，我送申蔚回杨家岭。我们穿过小砭沟，踏着河边的鹅卵石过河。申蔚向我讲起她在河南战教团的生活，提到他们河南战教团的团长范文澜先生，赞美不已。她说："范文澜先生是我们战教团的领导，可他生活一点也不特殊。他和我们青年学生一块走路，一走就是几十里。我们到了朱仙镇，在城外的一家饭铺里休息。范文澜先生和同学一样啃着冷馒头、咸菜和豆腐干，喝着白开水。他是南方人，习惯吃大米。我问他：'范先生，你能习惯吃馒头吗？'范先生非常动情地对我说：'现在，大半个中国都丢光了，我们能吃上馒头，就算不错了。'下午，战教团到了我的家尉氏县，我回家看妈妈。妈妈知道我在范文澜先生的战教团，非常放心，同意我出来革命。"

我们谈了很多，谈到知识分子参加革命的问题，谈到延安的马列学院对王实味的批判和辩论。通过交谈，我们感到彼此越来越了解，感情也日益亲密。

在延安"文抗"，我的生活待遇是属于吃大灶的一类，人微言轻，很少提什么意见。但有些事情我不能理解，为什么从大后方来的作家很受优待，而对从北平来的和从前线回来的作家却不够重视。我鼓足勇气，把这个意见对凯丰同志讲了。

大概，凯丰同志知道我很幼稚，但他还是心平气和地回答我说："我对文艺界的情况不大了解，不知道哪位作家应该享受什么待遇。但我想，你是个党员吧？"

"我是党员。"

"你是党员，就应该好好读一读刘少奇同志的《论共产党员的修养》。要能够做到吃苦在前，享受在后，不能够搞平均主义。"

这次谈话，给我的教育很大。

1942年，中国的抗战到了相持阶段，这是最艰苦的年头。日本鬼子在华北实行残酷的"三光政策"，在麦田里拉大网，不断对根据地进犯。国民党更是连续搞摩擦，封锁边区。中国抗战的前途完全寄托在中国共产党的身上。在这个关键的时刻，延安却出现了一些不合时宜的言论，什么"人类之爱""暴露文学"等等，虽然也都来自文艺界，但在延安"文抗"的多数作家是走向生活的。正是在这个时刻，毛主席适时地提出了整顿三风的问题，接着，又召开了文艺工作的座谈会，在会上发表了重要的讲话，为文艺工作者指出了方向。毛主席的讲话，具有划时代的意义。

延安文艺座谈会的召开是在1942年的5月初。那天，我带着以毛主席名义发出的请柬，来到了在杨家岭的中央办公厅的会议室。室内摆放着一排排的凳子，参加的有近百名的作家和艺术家，还有中央的首长：朱总司令、陈云同志、胡乔木同志、凯丰同志等等。由凯丰同志主持着当天的会议。大家的情绪都很高涨，期望着毛主席的到来。

骤然，室内的欢笑声音止住了，原来毛主席走进了会议室。他穿着边区织的粗布制服，一双圆口布鞋，从容不迫地绕过一排排凳子和大家逐一握手。他身材魁梧，神采奕奕，一步步地向我走来。这是我多么渴望着的幸福的会见，我的心里也感到一阵阵紧张。就在这一瞬间，我回忆起三年前自己参加由毛主席建议组成的延安文艺工作团，在敌后根据地生活了两年，回到延安后，又在搞创作。在毛主席的面前，我感到自己写的短篇小说是太少了，长篇小说《滹沱河流域》还刚刚开始，简直没有什么可汇报的。再说，毛主席也未必知道我这个极普通的人。就在我正这么思绪杂乱的时候，毛主席已经走到了我的面前，他和我紧紧地握着手，我感到了浑身都在燃烧。

我很拘束，向毛主席介绍了我的名字："我是马加。"

毛主席仰着慈祥的脸，仿佛想起了什么，亲切地问道："你是在'文抗'搞创作吗?"

"我是在'文抗'搞创作。"

我回答以后，觉得还有许多话要说，可是毛主席已经走过去了。

延安文艺座谈会以后，我参加了延安"文抗"的整风学习。听了毛主席的《整顿党的作风》的报告，还学习了从中央系统发下来的二十二个文件，思想上有了很大的提高。我学习的重点是《反对平均主义》，还写了学习心得笔记，在生活中，还要不断地经受考验。

有一次，作为"文抗"书记的刘白羽，问我一个问题："你知道作家杨朔吗？"

"我知道。他是大后方的作家，在重庆参加了作家访问团，后来到了华北抗日根据地，我们却没有见过面。"

"杨朔是从大后方来的。他想留在延安，在'文抗'搞创作，要给他安排一个窑洞。支部为这个考虑了很久，想把你住的窑洞让给他，给你北边一个小窑洞。你看怎样？"

我犯了思量。这时，我和申蔚准备结婚，她已经向组织递上了结婚申请，说不定很快就要批下来。北面的窑洞很小，她会满意吗？可是，我想到了自己是个党员，而杨朔还不是党员，特别是我想到了在敌后，阜平的农民把公粮都送给了八路军，自己宁可吃杨树叶子时，我感到没有什么价钱好讲了。于是，我同意了。后来，我和杨朔成了最好的朋友。

人逢喜事精神爽。

一天清早，申蔚来到蓝家坪。我领她来到新搬的窑洞，她并没有嫌小，而且觉得非常满意。她悄悄地告诉我，中央妇委支部已经批准我们递上的结婚申请。这真是我意想不到的幸福。我俩商定，在11月7日，也就是十月革命节庆祝日那天结婚。我环视着窑洞，真是空空荡荡，家徒四壁，什么东西也没有。我喃喃地说："太快了，一点准备也没有。"

申蔚非常高兴地说："妇委的几个朋友知道我要结婚，特意送给我两盆波斯菊花，放在窑洞里，点缀点缀就行了。"

她又在窑洞里走了一圈，发现书架上有一只我从前线带回来的日本钢盔，忽然灵机一动，说："咱们把钢盔当饭锅使用，等妇委的朋友来了，用它来煮枣子吃，也图个吉利。"

二十六 "抢救运动"

1942年年底到1943年，在延安发生的"抢救运动"，使我终生难忘。

那天，我随着大家去参加在杨家岭中央大礼堂召开的"抢救运动"的动员大会。一进会场，我看见在主席台上贴着"抢救失足者"的大标语，旁边还贴着一幅小标语"无事不可对党言"。标语的内容再加上会场上的气氛，使空气都显得非常沉闷和严肃，仿佛预示着不祥的兆头。

会议一反常态，大家所盼望的中央领导同志都没有来，而平时不大受欢迎的康生却来主持大会。交代坦白的对象是已经被关押在延安保卫处的一个青年，名字叫张克勤。他承认自己受国民党的"红旗政策"的蒙蔽，误入歧途，混到延安做了特务。

康生站在主席台上，一副细弱的身体，一张黄瓜皮的脸，一只鹰钩鼻子，两只狡狯的眼睛。他摆布张克勤，就像猫摆弄老鼠那样自如，可以随意掌握猎物的命运。他指着张克勤，对大家说："大家看看，他就是张克勤，国民党的军统特务，混到延安来搞破坏。像张克勤这样的披着红旗外衣的特务，还大有人在……"

我听了康生这些耸人听闻的爆炸性的话，觉得神经都要麻木了，浑身发抖。我一向崇拜延安，觉得它是革命的圣地，可现在却成了一团漆黑。会场上顿时变得鸦雀无声，人们屏住呼吸，静得都没有咳嗽的声音。

康生居高临下，站在主席台上，摊开两手，做着手势，继续讲着："现在，在失足者面前，摆着两条道路，两种前途。一条是死心塌地当特务，顽抗到底，成为人民的敌人。一条是坦白从宽，重新做人，得到共产党的宽大处理。"

为了适应"抢救运动"的需要，领导宣布取消延安"文抗"，把它并到马列学院，成为中央党校三部。我和杨朔被编到第五支部，参加整风。一场暴风雨就要来临了。

一天，杨朔告诉我一个机密的消息，说杨家岭中央机关开了一夜的斗争大会，斗争的对象是女大的副校长柯庆施，柯庆施的爱人也投井自杀了。

我听到这个消息，很替申蔚担心。申蔚做过女大的组织干事，会不会有什么牵连？我和申蔚刚刚结婚，她的情况怎样？我既思念她，也想把自己现在的处境告诉她，我必须找到她，交交心。

我离开党校三部的窑洞，穿过院心，走到大门口，已经望见延河两岸的沙滩了，再往前走，就可以到杨家岭了。就在这工夫，一个山东大汉站在了我的面前。墩墩的个头儿，铁青的脸，他就是党校三部支部委员靳步。平时，我们是同学，可"抢救运动"一来，仿佛就成了冤家对头。他在大门站岗，大声地叫喊："你往哪儿去？"

我说："我去杨家岭。"

靳步拉下了脸，很不客气地对我说："现在延安到处都戒严，你哪里也不能去！"

我向靳步解释，我找申蔚是谈私人的事情，可靳步却一点也不客气："谁知道你是私人的事，还是订立攻守同盟。"

我感到对于靳步这种人，实在无理可说。可靳步却是寸步不让，步步紧逼："你交代你的问题了吗？"

"我交代了。我有自由主义，还有平均主义。"

"够了！谁让你交代这些鸡毛蒜皮的事情，你这是避重就轻！"

我赌气离开了靳步，转身回来了。正好这时全院召开坦白大会，全院的职工和同学都集中到大礼堂，空气变得非常紧张。党校三部郭主任坐在主席台上，态度严肃，沉默着，一句话也不说。张副主任是苏联的留学生，一个爱搞教条的理论家，他正和靳步在墙角里嘀咕着什么。坦白大会从一开始就进入紧张的状态。会场上有的积极分子，专门揭发别人的问题，也有在会上坦白自己的问题的。会议进行不久，便发生了变化，原来的那个积极分子，又被别人揭发出有问题，变成了坦白分子。党校三部历史系共有十五名同学，经过大会揭发，有八名同学都有问题。被揭发的人像滚雪球似的越滚越多，这真是多么可怕的情景啊！正在这工夫，靳步陪着张副主任走到我的面前，冷冷地对我说："你不想交代自己的问题吗?"

我很吃惊，也很失望，心里还抱着一线希望。

"张副主任，你看过我的历史材料吗?"

张副主任冷笑了一下，他是那么武断、自信、斩钉截铁地说："对东北人，根本不用看什么历史材料，存在决定意识。你的家在伪满洲国，日本的宪兵特务统治得那么严，你还回过东北，能让你漏网吗?"

靳步看我交代不出来，进一步启发动员我说："难道你的社会关系中就没有可疑的人吗? 你再好好想一想，过去认为没有问题的，经过重新分析，可能就是'红旗政策'的人物。"

我挖空心思，一个又一个地分析我的社会关系：那些参加过义勇军的东大同学，那些左联的朋友……最后，我想到了那个第三国际的神秘人物孙快农，迟疑地说了出来。

张副主任用理论家的口吻下了结论："孙快农就是百分之百的'红旗政策'。"

延安的"抢救运动"进入了高潮，连申蔚也被审查了。由于河南党被认为是国民党的'红旗政策'的党，所以她也受到了牵连。这时，党校一部和三部准备联合召开一次坦白大会，靳步通知我说："你在大会上，是第二个坦白对象。"

那天晚上，我听见党校三部操场上吹响了牛角号子，准备集合开会。我预感到灾难已经来临，不知道还能不能回来，心里没心拉肝的。队伍出了大门，经过延河两岸的沙滩，望着延河对岸的杨家岭的依稀的灯光，我的心头不禁激起了浪花："申蔚要是知道了我在大会上坦白，该有多么难受，那就什么都完了，前途不堪设想……"

我们赶到党校一部的时候，坦白大会已经开始了，并且已经进入了高潮。大会在露天广场上召开，人山人海，主席台上挂着汽灯，灯光四射。可以望见主席台上的领导同志，有童颜鹤发的边区主席林伯渠同志，党校副校长彭真同志，党校三部主任郭述申同志。张副主任也来了，他坐在主席台上最末的一张凳子上，瞪着一副蛤蟆眼睛，仿佛在搜索着目标。

现在上台坦白的，是党校一部的一个同学古少唐。他是河南省委的组织部部长，河南省委在他的领导下，发展了一批党员。由于他被捕，有的党员失掉了关系，有的成了叛徒。有人怀疑他在搞"红旗政策"，"抢救运动"一来，他成了众矢之的。

"古少唐，你要老实交代怎样成了叛徒！"

"古少唐，你要老实交代怎样发展'红旗党员'的！"

"古少唐，你要老实交代和国民党特务的关系！"

千百支利箭射到了古少唐的身上，他有些招架不住了，张皇失措地进行挣扎。

台下有人举起拳头喊："古少唐，不要要死狗！"

古少唐发出嘶哑的声音："我不是叛徒……"

会场上，又有人揭发说："古少唐，你在开封的时候，就和国民党有过来往，又和咱们的危大姐接头，搞两面派。"

危拱之大姐是河南省有威望的老党员，参加过二万五千里长征，身经百战，几度负伤。她身材不高，但意志却非常坚决。当点到她的名字时，竟引起了整个会场的轰动，群众喊着口号。在这千钧一发的时刻，忽然台下有人给彭真同志递上了一个字条，彭真同志看了看，露出严峻的表情。

我看到彭真同志接过字条，心里暗自嘀咕：完了，下一个该轮到我坦白交代了，我该做牺牲品了。如果我像白乙化同志那样，牺牲在长城的鹿皮关下，我是心甘情愿的。可现在这样糊里糊涂的，我想不通。我正这么想着，彭真同志站了起来，用一种缓和的口气，郑重地宣布一个出乎意料的决定："今天的坦白大会，就开到这里。下一步怎样进行，等着中央的部署。现在休会。"

我回到了党校三部，闷闷不乐地躺在床上，想起方才的坦白大会，真是惊心动魄、浑身发抖。我不知道是怎样走回来的，躺在床上和衣而卧，迷迷糊糊地就睡着了。约莫过了夜半三更，靳步走进来了，后面还跟着一个大个子。大个子带着匣枪，长着狡猾的三角眼，还不住地对着靳步挤眉弄眼。我随着他们走到了延河边的沙滩时，听到后面的枪响了，我意识到我被打中了，我终于做了"红旗政策"的牺牲品了。恍惚中，我仿佛经过了杨家岭的中央妇委的窑洞，过了宝塔山，过了延河，穿过内蒙古大草原，悠悠荡荡地飞到了一片密密匝匝的柳树毛子里。这里不是家乡的辽河套吗，白乙化领着义勇军在这里打日本鬼子呢！我离开家乡多少年了，它还是这么破烂不堪吗？村公所的大门上还挂着一面太阳旗，家乡还没有解放，我回来干什么？

我一着急，从梦里醒来，睁开眼睛一看，太阳已经出来了，窑洞里一片红光。杨朔正在窑洞里纺毛线，他高兴地对我说："你快起来吧。一会儿，支部要传达毛主席的十六字方针：一个不杀，大部不抓……"

二十七　抗战胜利了

自从在延安传达了毛主席的十六字方针，才纠正了"抢救运动"中所出现的"左"的错误，力挽狂澜，一场噩梦终于过去了。

延安的整风本来是正确的，需要反对的是主观主义、宗派主义、党八股等不良作风。由于受到极左路线的干扰，搞成了肃反扩大化，一度偏离了正确的方向。在党中央的实事求是、调查研究的方针指引下，才把整风引导到健康的方向上来。

这时候，在欧洲，正处在第二次世界大战的转折点上，在斯大林格勒，苏联红军浴血奋战，使整个战场的形势转危为安。在东方，为了适应抗战的新形势，毛主席提出了"精兵简政""拥政爱民""自己动手、丰衣足食"的口号，努力粉碎敌人的"三光政策"，为抗战的最后胜利打下了结实的基础。在延安，通过整风运动，大家普遍都提高了觉悟，掀起了一个学习和大生产的高潮。每个人都参加了开荒、纺线，凡是在延安的干部，每个人都有一辆纺车。

　　这时，我还在党校三部，我和杨朔都参加了纺羊毛线劳动。在学习和劳动之外，我还抓紧时间写我的长篇小说《滹沱河流域》。这部作品写的是我在华北各个根据地的两年多的生活积淀，其中一些可歌可泣的英雄人物常常感动着我。有时，我从半夜三更中醒来，为了一些语言和情节，搜索枯肠，用心良苦地创作着。

　　一天，我和杨朔到蓝家坪的后山上去开荒。乍一出山，顿觉心明眼亮，心情感到从未有过的舒畅。春天来到了人间，桃红柳绿，刺梅开了花，燕儿草冒出了土，蕨菜发了芽，百灵鸟也飞来了，在山梁上唱着歌。我俩开了半亩荒地后，放下锄头，开始下山，又在半路上摘了几朵刺梅花，准备当作茶叶沏水喝。

　　我们下山后，来到党校三部的山崖的尽头，同学们把它戏称作"巴尔干半岛"。平时，这里是党校三部的同学散步的地方，每天晚饭后，大家都爱到这里来走一走。但自从"抢救运动"以来，这里已经很少有人来了。现在我又旧地重游，自然另有一番心情。杨朔仿佛发现了什么，招呼我过去："你来看看！"

　　我跑到山崖的尽头，见下面正是大砭沟的沟口，有一条小道通到枣园，过了延河，就是杨家岭的沟口了。再往里走，就是中央妇委的窑洞了。我不禁想到，自从"抢救运动"以来，我和申蔚已经有两年多没见面了，也不知道她的情况怎样。

　　杨朔仿佛猜到了我的思想，他很含蓄地对我说："暴风雨总算过去了。"

　　"多么可怕的暴风雨呀，一阵'红旗政策'，刮得天昏地暗。"

　　"人有失错，马有失蹄。"

"只能一脚错，不能百脚歪。听说十年内战时期，就搞了一次 AB 团，使白区工作受到很大的损失。"

一天，靳步通知我去中央党校一部的大礼堂开会。我记得在三年前，毛主席就在这里发表了演讲，宣布延安整风运动的开始。三年后，又是毛主席在这里讲话，总结"抢救运动"的经验和教训，使许多同志放下了政治包袱。

这天的这个会议，在延安的许多中央领导同志都到了。有毛主席、周副主席、张闻天同志、陈云同志、刘少奇同志，以及各根据地的干部。大礼堂的正面，挂着"实事求是"这四个大字，它代表着延安的精神。看着这四个字，无形之中，我的心情变得非常激动。

会议开始后，毛主席走到主席台上讲话。他的声音很洪亮，态度恳切，严肃认真。他讲到在国民党搞第一次反共高潮时期，延安也搞了"抢救运动"，使肃反扩大化，伤害了许多的同志。毛主席讲到党的历史，他认为我们党还是幼年时期的党，还不成熟，在历史上曾经几次表现出大的骄傲，犯了主观主义、宗派主义和教条主义的错误，都摔了跤子……

毛主席讲得概括、生动、形象、亲切，很感染人。当他讲到摔了跤子，使革命工作受到巨大的损失时，大家都感到很痛心，被他的诚恳的语言所打动了。到会的许多人虽然在"抢救运动"中受到了伤害，但大家都能体谅到党的处境，了解政治上的需要，不去计较个人的得失。

会场上还是那么肃静，连咳嗽声都没有。大家聚精会神地听毛主席下面还要说些什么。

"今天开这个大会，就是让同志们放下包袱，开动机器，同心同德，争取抗战的最后胜利。我们处理问题，就是采取实事求是的态度。什么是实事求是呢？你不是特务，我们给你戴上特务的帽子，你戴这顶帽子不合适，我们就给你摘下来。"

当大家全神贯注的时候，毛主席突然转过身子，从身后的冀南公署主任杨秀峰同志的头上摘下一顶毡帽，接着，向所有到会的同志深深地鞠了一躬，表示道歉说："对不起，我把帽子给你戴错了，我再给你摘下来。"主席又朝下面到会的人鞠了一躬。

那工夫，我被深深地感动了。听了毛主席这些激动人心的话语，我觉得浑身发热，感动得流出了眼泪。大礼堂里一片肃静，许多同志都哭出了声音。毛主席这天的讲话，给所有参加会议的人都留下了永远难忘的记忆。

自从贯彻了党中央、毛主席的十六字方针，斗争的空气就完全缓和了下来，坦白大会也不再举行了，各机关学校门口岗哨也撤销了，靳步也改变了对我冷淡的态度，他也对我讲了一些关于审干的消息："通过内查外调，延安有问题的干部，只有十九人。"

我不由得问了一句："你们调查了孙快农吗？"

靳步肯定地说："孙快农是第三国际的，不是'红旗政策'的干部。康生知道他的历史，只要康生讲一句话，问题就解决了。"

"康生说一句话，不是很容易吗？"

"你要知道，康生有多忙啊！有许多重要的问题都要找他来证明，你的问题不是那么重要，就往后放一放吧。你写你的长篇《滹沱河流域》好了。"

我花了整整两年的工夫，总算把长篇《滹沱河流域》的第一部写完了。我把稿子交给张副主任去审查，他却足足压了有半年。等我去征求他的意见时，他竟连一个字也没有看。他倒说得很坦率："你写这么长的小说，谁给你发表，白费工夫！"

我不甘心失败，把稿子寄给了《解放日报》副刊。原来，《解放日报》副刊的主任丁玲已经去了党校一部学习，换成了艾思奇主任，还有副刊的编辑方纪同志。方纪同志热情地对我说："你的长篇《滹沱河流域》，我看了，我认为很好。"

我问："艾思奇同志也看了吗？"

"艾思奇同志也看了，他也很满意。准备在《解放日报》上全部连载。他还给我出了一个主意。为了扩大《滹沱河流域》的影响，最好请一位权威的理论家写一个序。"

朋友们的好心我很感激，我也明白这里面的道理，但我还是不习惯做这种事情。而且，稿子能够在《解放日报》上发表，我已经很满意了。

就在《滹沱河流域》在《解放日报》上连载的时候，世界上发生了一件惊天动地的大事情：日本战败投降了！1945年8月15日，《解放日报》上刊载了头号新闻：

美苏英中四国宣布：
日寇接受无条件投降

拿《滹沱河流域》的发表和抗战胜利的消息相比较，等于九牛一毛。在"八一五"胜利以后，人们庆祝着胜利，如狂如痴，兴奋不已，谁还注意到《解放日报》上连载的《滹沱河流域》呢？此刻，我只接到萧三同志读到这部作品以后给我写的一封热情鼓励的信。

中国进行了八年（实为十四年）的浴血奋战，它多么艰巨，多么伟大，多么惊心动魄。我们所盼望着的抗战胜利的这一天，终于来到了。

在这一天，延安城里到处都成了狂欢节，到处都有游行的队伍。大家举着火把，扭着秧歌，唱着，跳着。杜甫川的农民也进了城，城里的人上了街，人流如海，鼓乐喧天，歌声震耳。游行的队伍扛着毛主席和朱总司令的画像，不停地喊着口号："抗战胜利万岁！""中华民族解放万岁！"

这一天，延安的人简直都发狂了。商店里挂着彩旗，群众举行游行，八路军总政治部为欢迎美军观察组，也举行了鸡尾酒会。我跑到延安的南区，找到申蔚，我们是那么兴奋、幸福。但我们的意志都很清醒，那就是抗战胜利了，延安的干部都要离开延安去开辟新的工作，争取新的胜利。我当前最迫切要解决的问题，不是继续写《滹沱河流域》的下卷了，而是尽快离开延安，我该回东北老家了。

二十八　草原风景

抗战胜利以后，我和申蔚随着队伍开始向东北进发，由于战局的关系，中途在张家口停留了下来。这期间，邓拓同志留我在《晋察冀日报》做副刊的主编。我在副刊上组织发表了一些文章，其中有丁玲的《到麻塔去》，贺敬之回忆延安的诗歌，萧军的《闲话"东北"问题》等。但我并不愿意留在张家口工作，我还是坚决请求组织派我到东北去做基层工作。这时候，恰好吴涛同志正在组织一支干部队去东北。吴涛同志是八路军平西军区十团的政治部主任，过去我们就认识，于是我和申蔚很容易地就参加了他们的干部队，从张家口出发上路了。

1946年4月底，我们干部队来到了通辽。这时，由于四平已经失守，要去东北局所在地的北满，铁路线交通已被切断，要走只能经过东科尔沁旗草原了。从通辽到瞻榆县城，这中间有足足二百里地的大草甸子，茫茫无边，人地两生。而且还听说蒋介石已经派来特务白云梯到这里进行活动，勾结地主武装搞叛乱。情况不明，再往前行的路途，显然是会有很大危险的，干部队于是在通辽驻扎下了。但我很不甘心，还想继续前行。

恰在这时，我在通辽遇到了汪洋同志。汪洋同志是延安文艺工作团的第一批成员，他随着一支主要是军事干部组成的队伍准备穿过东科尔沁旗草地去北满。我和申蔚临时决定参加他们的队伍。

5月梢的一天，有四辆胶皮车，拉着我们这支队伍出了通辽县城，向着西北方向，走进了茫茫无边的东科尔沁旗大草原。

我们这支干部队伍来自五湖四海，事前大家都不大熟悉，坐上车后才慢慢地熟悉起来。其中有一个我在平西时曾认识的挺进队的曹志学团长，他是一个老红军，曾跟着刘志丹闹过土地革命，现在是这支干部队的队长。还有一位副团长叫王耀东，老家住在沈阳城边子，我们认了老乡。他依然保持着老八路的作风，穿一套灰溜溜的旧军衣，叼着旱烟袋，实实在在，风尘仆仆的样子。他还记得小的时候在家乡的草地上放过马，割过草，捉过蝈蝈。现在又回东北老家了，心里有着无限的感慨："多么大的草原哪，真是甩手无边！"

他的话激起了我的思绪，我不禁问他："你有多少年没有回家了？"

"从'九一八'算起，有十多年的光景了。"

晚上，队伍到贾家营子宿营。

我和申蔚住的那家房东，是个蒙古族人，名字叫那申乌吉。他从草地上放牧回来，带着细狗，背着猎到的兔子。他过着半农半牧的生活，性格豪爽，常常拉着马头琴，唱着心爱的《嘎达梅林之歌》。他听说共产党要给穷人分地，就坚决送儿子到瞻榆去参加了县保安队。那申乌吉为了招待我们这两个不速之客，特意生起了铁火盆，给我俩冲炒米，吃奶茶。申蔚和我商议，准备送给那申乌吉一件礼物。可有什么礼物可送的呢？我们为了轻装行军，我甚至把笔记本都精简掉了，只剩下一件衬衣，就把它送给那申乌吉吧！那申乌吉亲热地拉着我的手，说道："你们八路军和我们是一家人……"

分别的时候，我们都觉得有些难舍难分。

行军的第二天，我们在路上淋了雨。行军的第三天，也很顺利，当我们离开小巨河屯时，离瞻榆县城只剩下最后三十里了。

雨过天晴，空气清新，道又平坦，路又好走，大家的心里都很畅快。王耀东又抽起了旱烟，和我唠起家常嗑来："我参军以来离开东北十多年了，也不知家乡现在变得怎样了。"

正说话的工夫，四辆胶皮大车都停了下来。原来前边来了一个老乡，他正在地里铲地，看见我们这支三十多个干部，带着长枪短枪的队伍，就走上来，警惕地对我们打招呼道："喂，你们是哪一部分的？"

曹团长轻快地回答说："八路军，准备到瞻榆县去。"

那个老乡放下了锄头，斩钉截铁地说："同志，我是特意给你们送信来的。瞻榆县的一部分保安队叛变了，有三十多人，一色是骑兵，为首的叫韩宝玉。他们现在正在前面的三家子村抽大烟，一会儿就过来。你们太危险了！"

真是晴天霹雳！

曹团长知道形势已非常危急，到了挺身而出的时候。他冷静地观察一下地形，就做出了部署。他叫王耀东带着四个警卫员，带着四支步枪，组成一支游动队伍，埋伏在前面的一块土坎下，以阻止敌人前进。他又指着左边的沙坨子，严肃地对大家说："同志们，咱们赶快跑步，去抢占沙坨子。我们控制住制高点，就不怕了。"

就在这时，叛变的保安队从三家子出来了。他们骑着马，乱哄哄的，来到土坎子跟前时，就和王耀东率领的游动哨接了火。一个车把式看见黑压压的保安队，发了慌，大惊小怪地叫起来："不好了！保安队上来了！"

干部队为了强占沙坨子，拼命地跑着。大车在后面骨碌碌地转着轱辘，车把式把鞭子抽得山响，马蹄声响成密点。我在八路军参加过多少次战斗，从来没有这样狼狈过。我只带了一支三号撸子手枪，谈不上有什么战斗力。我知道申蔚已经有孕，我得全力照顾她。落在后面的还有两位女同志，也显得非常狼狈。我们跑的这段路程，中间还要经过一段开阔地，这儿完全暴露在敌人的射程之内，稍微落后，就会成为牺牲品。这时，后面的敌人已经越过横道，纵马赶了过来，放着枪，子弹从头顶上乱飞，嗖嗖地响着。在这关键的时刻，还是老红军曹团长有战斗经验。他带着警卫员，首先占领了沙坨子，组成了一个火力点，凭着制高点开始向敌人射击，王耀东带的游动哨也撤回到沙坨子上来，共同掩护落在后面的同志。叛变的保安队不敢接近沙坨子，只好远远地放着冷枪。

在沙坨子上，曹团长开始领着大家挖防御掩体。这儿是沙土地，土质松，用手一抠拉就成沙坑。在沙坨子的前边长着一排柳树毛子，既便于战斗，又便于观察和指挥。五支步枪在那里集中起来，组成了一个火力点。其余携带短枪的干部，作为第二线的补充队。我把子弹推上了膛，准备战斗。

这时候，敌人开始从对面的沙岗子上冲过来了。一溜儿的马队沿着开阔地向我们冲过来，甚至可以看见敌人扬着鞭子的姿态。马蹄子带着一路灰尘，形成了一条灰龙。

曹团长待在掩体里，拿着望远镜，看得非常真切。他一边摆着手势，一边下达着命令："注意目标，准备战斗！"

敌人疯狂地冲过来，马头压着马头，连成串往前跑。有个宽肩膀的敌人，端着马枪，冲在最前面，距离沙坨子大约有二百米，已经到了步枪的有效射程之内。曹团长下达了命令："开火！打最前面的那个宽肩膀的！"

警卫员们打了四五枪，那个宽肩膀的被打中了。他摇晃了几下身子，几乎要掉下马来，勉强地抓住了马鬃，拨回马头就往回跑。其余的敌人也跟着跑回去了。

在我们休整的工夫，那申乌吉领着另一个蒙古族人给我们送饭来了。他们带来了炒米和开水，这真等于雪中送炭一样啊！我不知道怎样感谢那申乌吉才好，我拉着他的手，眼泪几乎都要掉下来。

王耀东走到那申乌吉跟前，和他唠起了家常嗑："亲不亲，故乡人。老乡，你快回去吧。这里太危险了。等将来土改工作队的同志们下乡，老百姓就翻身了。"

那申乌吉挑着空筐回去了，我望着他的背影，觉得有很多话要说，却又说不出来。倒是曹团长说出了我们大家想说的话："要是所有的蒙古族人都像那申乌吉这样就好了。"

那申乌吉的出现，使曹团长想到了许多问题。他想到了民族政策，想到了中央的《五四指示》。当前我们在东北最重要的工作就是发动群众，搞土地改革。这批从延安来的干部是宝贵的财富，每个人都能发挥重要的作用，因此应该尽量保存力量，不能和敌人硬拼，必要的时候可以和敌人进行谈判。王耀东很赞成曹团长的意见，他自愿去做谈判的代表。曹团长有些不放心，就又派了张君恒副团长和王耀东同行。我记得不太清楚，也许同去的是阎锦实副团长。

我们的谈判代表出发了，曹团长放心不下，一直拿着望远镜不停地观察着动静。二十分钟过去了，他看见从对面的沙岗子下来三个蒙古族大汉，其中一个人穿着洋服，戴着礼帽。走到双方交界的地方，两方开始谈判。那个戴礼帽的人大概就是叛变的保安队的头子韩宝玉，只见他对着王耀东比比画画的，好像在讲价钱。张君恒副团长站在离韩宝玉稍远些的地方，保持着一段距离。又过了十分钟，他发现张君恒拼命地往回跑，敌人开了枪。有两个蒙古族大汉抓住了王耀东。曹团长知道上了敌人的当，心里都凉了。

张君恒副团长拼死命地跑回沙坨子，气喘吁吁地讲述了谈判的经过：

"这次谈判，真是冤家路窄，敌人根本就没怀好意。那个叛变的头子长了一脸的横肉，皮笑肉不笑地问我：'你们是什么队伍?'

"我说：'我们是八路军，是毛主席的队伍。'

"'毛主席的队伍是干什么的?'

"'是解放老百姓的。'

"'我们内蒙古你们也要解放吗?'

"'内蒙古是中国的一个省，内蒙古的老百姓都盼望着解放。'

"'你们的胶皮车装得鼓鼓的，是不是拉的大烟土?'

"王耀东毫不让步地顶着他们，说：'我们八路军从来不抽大烟。'

"'你们不抽大烟，还不能卖大烟吗? 你们伤了我们的人，又伤了我们的马，怎么交代?'

"我看出那个叛变头子居心不良，要翻脸。我用眼睛瞅瞅王耀东，准备下台阶，就说：'你们提的条件太苛刻了，我俩做不了主，得回去和领导商量商量。'我就往回走。王耀东还继续讲，就被他们抓住了。"

黄昏降临以前，曹团长带领突击队攻占了敌人的沙岗子。在沙岗子的沙丘上，找到了王耀东同志的尸体。他的灰军装上染上了斑斑的血迹，脸色铁青，咬着牙齿。大概在他临终之前，还在痛斥着敌人，对敌人怀着刻骨的仇恨。他不能和同志们一起去哈尔滨了，多么遗憾哪！大家用手抠着沙土，堆成一座小坟堆，摘下了帽子，低着头，为他哀悼。

　　曹团长心里最难过，他痛心地说："王耀东同志对革命舍得一切。他一生简朴，别人抽烟卷，他抽旱烟，他把自己省下来的衣服送给马夫。他是在东北的草原上长大的，就让他在东北的草原上安息吧。"

　　我和申蔚是临时参加这支干部队的，虽然和王耀东同志交往不多，他却给我留下了永远难忘的印象。我还记得在胶皮车上，王耀东是那么轻快地哼着《五月的鲜花》：

　　　　五月的鲜花，
　　　　开遍了原野，
　　　　鲜花掩埋了烈士的鲜血。
　　　　…………

　　天擦黑的时候，干部队离开了沙岗子，重新走进了茫茫的大草甸子。夜黑漆漆的，看不见村，看不见路，胶皮车越走越深入草甸子，越走越摸不着边际。就这样走了约莫有一个时辰，马也走累了，车也走慢了，人也饿了。曹团长让车把式停下来，辨辨方向。但车把式也转了向，迷了路，摸摸脑袋，糊涂了。原来大车转了一圈，又转回来了。夜深了，草原上洒上了一层薄雾，水坑里的蛤蟆咕呱地叫唤，野雁在芦苇里叫唤了两声，怪瘆人的。

　　蒙蒙亮的时候，天上的云彩散了，星星也落下去了，胶皮车终于上了大道。这时，前面出现一片黑影，像是一座村子，传来了公鸡啼鸣的声音。

我听见鸡在啼鸣，悄悄地对申蔚说："我们又要进村了，不晓得这回会怎样。"申蔚握着我的手，嘱咐我说："无论出现什么情况，咱俩也不要分开。"

这工夫，第四辆胶皮车的车把式匆匆地跑过来。原来他那辆车卡误了，陷在泥里拔不出来，来找人帮助推车。我下了第三辆车，跑过去帮助推第四辆车，车把式拽着牲口，大车却一动不动。这时，村寨子墙里的狗又咬起来，情况很紧急，要推车只好去找老乡帮忙了。

"老乡，你们这是什么村子？"

村寨里有人回答："我们是三家子。"

我听到"三家子"这三个字，仿佛掉到老虎窝里一样。情况非常紧急，我不能在此处再停留了。我从车上取下行李，急匆匆地去赶第三辆车。可是过了三家子村，也见不到那三辆车了，路上静悄悄的，前面的车早已无影无踪。无奈，我把行李扔掉了，继续向前追赶。

天刚放亮时，我来到了另一个村子。在村子边有一处小马架子，里面住着一个老汉。他穿的衣服十分褴褛，看样子是个穷人。他一见到我，仿佛就已知道了我的来历，非常惊讶地对我说："同志，这里是地主的响窑，你太危险了！"他拉着我出了马架子，跑上了茅草道。这时，从地主的炮台上响起了枪声，还有人张着大嗓门儿吆喝着："别让那个人跑了！"这个老汉指着前面的漫土岗，对我说："同志，你跑过前面的漫土岗，就能活命了。"

我拼命地跑哇，跑哇，跑得浑身是汗，心里直跳。真到过了漫土岗，才松下了一口气。我听听四下里的动静，后面的枪不响了，吆喊声也听不见了。我又往四下看看，发现附近有一个蒙古包，旁边还有一个仓子。在这个蒙古包里住着一个蒙古族老头和一个汉族小伙，原来他们是翁婿同居。当他们知道我是从地主的响窑里逃出来的，让我到他们的仓子里躲一躲，等到天黑再把我送走。

我在这个仓子里待了一个钟头，那里面不透风，不透亮，黑咕隆咚的，外面有什么情况也不知道，我的心里犯了猜疑：那个蒙古族老头靠得住吗？这里曾经是敌占区，被伪满统治了十四年，这里还没有土改，群众的正统观念很深，绝不能掉以轻心……我出了仓子，问那个小伙，才知道那个蒙古族老头说是去串亲戚家去了。我更决心离开这个蒙古包。为了安全，我必须化装。我脱掉军装，换上了小伙的长衫。我还把衣兜里的路费送给了那个小伙。哪知那个小伙却贪心不足，他得了钱，还想要我的手枪。手枪是我的安全保障，我当然拒绝了他，小伙只好把我送走。我刚离开蒙古包，忽然发现后面的漫岗上拥出了一股骑兵。他们乱哄哄的，好像准备要采取什么行动，又确定不下来，只在漫岗上兜圈子。大概因为我化了装，他们没有认出来，我才终于死里逃生。

我终于来到了瞻榆县城，见到了苦等着我的妻子申蔚，见到了干部队的同志们。这次紧张危险的生离死别，特别是这次在草原上的不平常的遭遇，永远深深地留在了我的记忆中。

瞻榆县的孙县长也是延安来的干部，他热情地招待了我们，还派一支保安队一直护送我们到开通，从那里坐火车就可以去哈尔滨了。在那支忠诚的保安队里，有一个年轻的蒙古族战士巴扎布，他就是那申乌吉的儿子。

正是春暖花开的季节，草原上的草绿了，花开了。那红色的金簪子花，黄色的馒头花，蓝色的蓝雀花，一朵一朵的，一堆一堆的，数不尽盛开的花朵呀！天空清清朗朗的，黄鹂唱着歌，从南方飞回来的燕子，在草原上飞来飞去。在我们走过的草地的尽头处，就是开通县城。忽然，远处传来了火车的一声汽笛声，汽笛唤醒了人们的灵魂。

血染的战斗生活已经过去，新的战斗历程正在开始……

二十九　北风烟泡

半个月以后，我和申蔚从哈尔滨来到了佳木斯。

佳木斯是当时的合江省省会。我在这里见到了省委书记张闻天同志。他还依然保持着在延安时的作风，态度儒雅从容，谦虚而仁慈。他紧紧地握住了我的手，亲热地问候道："你俩也从延安出来了。"

我向他介绍了我们一路上的遭遇，接着就问起了关于我们的工作安排。张闻天同志再三考虑，以商量的口吻说道："合江是新开辟的地区，现在这里主要是基层工作。"

我请求说："洛甫同志，我非常希望到基层去工作。自从延安文艺座谈会以后，我就下了这个决心。"

张闻天同志和省委组织部部长刘英同志商量了一下，决定让我到桦川县长发屯区搞土改，申蔚留在佳木斯市，担任二区的区委书记。

临走的时候，张闻天同志送给我一件制服，一只日本造的三八盒子手枪。他亲自送我出了大门，意味深长地对我说："自从重庆谈判以后，我们和国民党争夺天下。我们在东北站稳脚跟，将来才能胜利。眼下条件很艰苦，乡下的胡子很猖狂。我们在东北能不能站稳脚跟，就靠我们这些从延安来的老同志了。"

张闻天同志语重心长的话语，令我一辈子都忘不了。

从佳木斯到长发屯，只有二十里地。在长发屯的北头有一座小院，就是土改工作团的团部。团长是彭梦庚同志，他带着土改工作团三十多名团员，白天下乡串联，发动群众，晚上还要站岗放哨，防备土匪的袭击。我来了以后，担任工作团的副团长。彭梦庚同志告诉我说，前一个月，合江省委也派了一个工作团到长发屯来。可是到了不久，就受到叛变的保安队的袭击，遭受很大的损失，情况还是很严重的。

晚上，我在外面站岗。我带上那支三八式手枪，觉得胆子壮了许多。我在墙根蹲了有一个时辰，正要换班的时候，忽然听到长发屯正北的村子响了一枪。接着就听见有人大声地吆喝，狗汪汪地叫着，牲口也咴咴地叫喊，我知道那里出事了。彭梦庚同志告诉我说，正北那个村叫四合屯。很快，挨着四合屯的靠山屯也有了动静，没过半夜，长发屯南面的村子也有了动静，人声嘈杂，狗吠不止，还夹杂着稀落的枪声。这一夜，长发屯的四周真是闹得鸡犬不宁。彭梦庚同志指着南面的那个屯子，语气肯定地对我说："那里是顺山堡，一定进去了胡子。"

看来，要搞好土改，首先就必须解决打土匪（即胡子）的问题。

第二天，长发屯土改工作队召开了一次会议。为了贯彻上级关于土改的《五四指示》，深入地发动群众，镇压胡子，决定派出两支武装工作队。由彭梦庚同志带领工作队十五名队员去靠山屯，由我带领十五名队员去顺山堡，开辟土改工作。

北满的气候和南满的气候有很大的不同。已经过了立夏，玉米才刚刚从地里拱出头，伸出喇叭筒叶子。庄稼人正在地里铲地，看见我们这支带枪下来的工作队，都私下地在嘀咕着什么。

我们到了顺山堡，看见这个村子一片破败，到处都是倒塌的土墙，大街上撒着牲口粪，显得很脏乱。一个带着伤疤的愣小伙子，正对着一个庄稼人比比画画的，他一看见我们进了村，扭头放了一枪，接着就钻进乱哄哄的人群中溜走了。工作队队员喊道："抓住那个胡子，别让他跑掉了！"

我们封锁了村子，在村里四处搜查了一遍，也没有找到那个人。我们一再向群众动员，做工作，可群众就是保持沉默，谁也不敢出来检举。

过了老半天，终于有一个细高挑的小伙子出了声："你们土改工作队是来干什么的？"

我告诉他说："我们是来帮助贫雇农翻身的。"

"我给老张家地主扛了八年大活，我能翻身吗？"

"你给地主扛了八年大活，苦大仇深，这回就要翻身了！"

这个细高挑的小伙子干脆痛快地说："你们别费劲了。那个胡子早已经叫人家送走了。"

这个肯出头的小伙子叫马永清。他和我说话的时候，还是心存顾虑，左顾右盼的，有些不放心。恰巧这工夫，从一所青堂瓦舍的大院里走出一个士绅，他戴着礼帽，穿着细绸大衫，殷勤地表现着说："工作队的同志下乡，兄弟非常欢迎。请到鄙舍用餐，一点小意思。"

我明确地谢绝说："不用了。我们有吃饭的地方。"

那一天，我们土改工作队队员开始分头到各贫雇农家里去，访贫问苦，在贫雇农家吃饭，我带着通信员小李，就住到马永清的家里。

马永清住在一个大马架子里，家里只有一口铁锅，半口袋玉米楂子。他不理解地问我："同志，我们东家已经摆好了宴席，你不去吃好酒好肉，为什么偏偏到我这里来喝玉米楂子？"

"因为你是贫雇农，咱们是一家人嘛！"

这以后，我每次到顺山堡来，都住到马永清的家里。马永清对我讲了许多贴心话，讲了他受的苦：他父亲是富锦县人，有一年的冬天，给地主赶爬犁，遇到了北风烟泡，冻死在雪地上。他的母亲改了嫁，他也当了跑腿的，给顺山堡老张家地主扛活，这一扛就是八年……

我启发他说："现在搞土地改革，就是要给受苦的穷人分地。"

"咱们顺山堡的穷人分了地，不就把老县长给得罪了吗？"

到了这时，我才明白：原来顺山堡的老张家地主，他的父亲现在就担任着我们桦川县的县长。由于一些领导不了解这里的历史，把他作为民主人士给安排做了县长，群众顾虑很大，所以不敢起来揭发。马永清顾虑地说："如果贫雇农分了地，有一天地主翻把，勾结胡子再回来，我们连个应手的家伙都没有。"

我们终于了解了顺山堡的真实情况。

约莫过了半年光景，长发屯的土改告一段落。这时，贫雇农分了地，成立了农会，马永清也担任了自卫队队长。不久，彭梦庚同志带着土改工作队向桦南县转移，我接任了长发屯的区委书记。在区委会里，还有一个从靠山屯提拔起来的区农会主任，外号叫"李大胡子"。

1947年的冬天，合江的土改又出现了反复，老百姓叫作"煮了夹生饭"。这主要是由于地主翻把倒算，新提拔的一些干部成分不纯。

在顺山堡捣乱的胡子，现在又窜到双龙河一带去活动。

为了对付胡子，我又出发去了双龙河，留李大胡子在长发屯守家。我带着区中队和顺山堡的自卫队，经过一片大草甸子。马永清带着自卫队，抄了胡子的老窝，胡子狼狈地逃走了，有两名胡子投降了，还缴了一支捷克步枪。此外，马永清还打听到一件很重要的消息：在我们离开长发屯以后，李大胡子私自到了靠山屯，和那里的胡子秘密接头，还互相称兄道弟。

我把这个情报向张闻天同志做了汇报。他通过调查研究，迅速做出了决定，准备在靠山屯召开一次群众大会，枪毙李大胡子，同时还从轻处理一批罪恶较轻的土匪。张闻天同志是非常认真负责的人，他说一定要出席在靠山屯召开的群众大会。

到了那一天，天公却不作美，刮起了强劲的北风烟泡，到处一片冰天雪地，道路被大雪给埋住了，断了行人。平常我下乡去蹲点，小李总是支持的，可今天他也一反常态，泄气地说："这样冷的天，谁能去开会呀！"

我说："开会的事情已经发了通知，还向张闻天同志做了汇报。"

小李还是固执己见："大雪泡天的，路上也走不动道。"

"走不了道，那我就骑毛驴好了。"

我骑上了毛驴，出了长发屯，前面是茫茫无际的大雪，凛冽的北风在呼啸，我才吃惊：这是多么恶劣的天气呀！我穿着一件日本军用大衣，戴着狐狸皮的帽子，一双棉手套，艰难地上了路。走不多远，眉毛上就结了冰须，脚冻得像猫咬似的，真是透骨凉。风越刮越大，毛驴不安地耸着耳朵走一步停一步。

傍晚，我俩到了靠山屯，张闻天同志也到了那里了。他从一辆载重汽车上下来，后面跟着桦川县委书记蔡蓉同志。张闻天同志踏着厚厚的雪向我走来，我心里很感动，上去打招呼："洛甫同志，今天多冷啊！"

张闻天同志的眼眉梢挂了一层霜花，他快活地笑了："今天天气是冷，老天爷对我们都是一样的。村干部都到了吗?"

我看到大街上已经有二十多架爬犁，回答道："基本上都来了。"

那天晚上，张闻天同志和村干部们见了面，还听了他们的思想汇报。群众虽然分了地，但还是有顾虑。一个长着酒糟鼻子的老头说得非常形象："咱们庄稼人，一辈子拌土坷垃，端人家碗，就得服人家管。过去别说敢分地主的地，就是碰倒地主的一根汗毛，也得跪在地上给人家扶起来。"

会场上还有一个村干部插话说："地主再勾结胡子，老百姓就更不敢出头了。"

张闻天同志望着大家，坚定地说："咱们共产党刚成立小组时，才只有几十个人，跑到上海的大街上去游行示威，喊着口号：'打倒帝国主义!''打倒封建主义!'结果像滚雪球似的，越发展越大。现在我们有了这么多的解放区，有了这么多的军队和群众，我们连蒋介石都要打倒，我们还怕地主和胡子吗? 长发屯钻进来一个李大胡子，也成不了气候。"

张闻天同志的几句话，说得大家心里都亮堂了，空气也愈加活跃了起来。不知是谁又冒出了一句："咱们的马永清队长也是好样的。"

那天夜里，张闻天同志就住在靠山屯的老百姓家里。他和蔡畅同志及警卫员睡在南炕头，我睡在北炕头。炕离房门很近，脸上不时地可以感到从门缝里吹来的冷风，很久不能入睡。外面的北风很凶猛，风里还夹着沙子，扑打在窗户纸上，这时，我听到有人走过来的脚步声。

深更半夜，还能有谁来呢? 我急忙披上大衣，带上手枪，推开了房门，见到一个大个子向门口走来。我警惕地问道："是什么人?"

"是我，我是马永清。"

"你还没有睡觉?"

"我想起张闻天书记的话，一直也睡不着。他为咱们老百姓操心，冒着大北风烟泡下乡。可是你没有想到，桦川县张县长的家里，就是胡子的老窝!"

马永清又讲了一些细节,说顺山堡老张家怎样勾结胡子,怎样在他家接头,隐藏枪支,以及怎样霸占长工的媳妇……

由于张闻天同志正在睡觉,我就让马永清明天再来汇报。

第二天,靠山屯召开了群众大会,当场枪毙了李大胡子,该镇压的镇压,该宽大的宽大,群众都非常振奋。

关于桦川县张县长的案子,由于情节比较严重,关系也很复杂,当时没有解决。但由于群众挖到了老根,土改煮夹生饭的问题就比较容易解决了。我记得有一天晚上,我配合合江公安厅去顺山堡老张家地主家里去抄家,翻出了枪支弹药,还有国民党的证件,公安部门逮捕了老张家地主,群众发动起来了,那个被抢走媳妇的长工从老张家也领回了自己的媳妇。然后顺藤摸瓜,摸到了桦川县张县长那里。《土地法大纲》发布以后,怎样处理的张县长和他的儿子,我就不知道了。

三十　归队以后

1946年的冬天,北满的气候格外寒冷。11月初,申蔚生了一个男孩。孩子生下来以后没有奶吃,饿得直哭,真是困难万分。恰巧就在这时,周而复在重庆编了一套《北方文艺丛书》,其中有丁玲的《边区人物风光》,艾青的《吴满有》,萧军的《八月的乡村》,刘白羽的《黎明的闪烁》,周而复的《子弟兵》,还有我的《滹沱河流域》。书出版了,并给我寄来一笔稿费,大约有二百元,这在当时是很可观的数目了。我用这笔钱买了一头奶牛,从此孩子靠着这头奶牛活了下来。

不料好事多磨。在那个解放战争的年代,一般的土改工作队队员是绝对买不起奶牛的。所以见我买了一头奶牛,有一个刚参加工作不久的大学生便向上级给我打了一个小报告,说我拿了胡子的赃款才买的奶牛。于是，上级向长发屯又派来新的区委书记。把我调到佳木斯市委任宣传科科长，《土地法大纲》发布后，土改又进入了高潮，组织上又调我去江山村搞土改。当时只有我和何彩庭二人。由于人手少，只有坚决依靠群众，发动群众只用了十天就推翻了几千年封建制度。我就用《江山村十日》作为题目，写了一部反映土改生活的长篇小说。不久，东北局宣传部召开党的文工会议，通知我去参加会议，这时，申蔚很坚决地对我说："你不是当行政干部的材料，你还是搞你的创作好了，省得自己受罪。"

那年冬天，我来到了哈尔滨，参加了党的文工会议，见到了东北局的宣传部部长凯丰同志。他勉励我说："你下到农村，搞了两年多的土改，现在归队吧。"

就这样，我归队了。我住到哈尔滨道里大街的东北文协，专心创作，开始写长篇小说《江山村十日》，而申蔚带着孩子还在佳木斯。

自从延安文艺座谈会以后，我经历了两年多的土改生活，有了较充分的创作准备，我希望在自己新的作品里能够有新的突破。对于这部作品，无论是故事还是人物，我都是那么熟悉。一切都是现成的，简直是呼之即来。我考虑，我面临着一个新的时代，如果我还用过去熟悉的知识分子的语言去表现新时代的农民形象，恐怕写不出他们的朴素的面貌和觉醒的灵魂。我决心尝试着用形象化的东北群众的语言去表现他们，使人物能够活起来。为此，在学习群众的语言上，我下了一番苦功夫。

1949年5月，《江山村十日》终于在东北书店出版了。此书以后又拿到上海文艺出版社出版，前后共印刷了十五次。一些著名的作家、评论家如冯雪峰、王瑶、沈起予、许杰、杨朔等都发表过对它的评介文章。周扬同志在第一次文代会的报告《新的人民的文艺》中，也提到了这部作品。

这时期，我还写了另一部作品《开不败的花朵》。它表现的是东北解放战争时期的一段难忘的生活。

这次回到东北，我的感触是很深的。自从九一八事变以后，我已经有十四年没有回到家乡了。对于东北的山川面貌，风土人情，我都感到分外亲切，对于这里的一朵花，一棵草，我都能够叫出它们的名字。现在抗战胜利了，我们又回到了东北，那种心情真是万分兴奋和激动，真想在草地上打个滚儿，对着广阔的天空唱一首歌。我写这部小说，就是想给沉睡的草原赋予新的生命，歌颂草原上的英雄和新时代的灵魂。

我生存在这个风雨飘摇的时代，我不能不反映这个时代。我生活在这个阶级的社会里，我不能不描写尖锐的阶级斗争和伟大的民族解放战争。我们中华民族这百年的民族解放的历史，是多么波澜壮阔，有多少前赴后继的英雄啊！我写《北国风云录》《血映关山》姊妹篇，就是企图用大手笔，描绘出中国北部的风景画。它既是我的故乡辽河套的自然界风景，也是20世纪30年代北部中国政治历史的风景。在《北国风云录》中，我安排了一百多个人物，其中重点创造了四个典型代表，那就是工人梁北盛、农民于国昌、军人沈风，还有一个知识分子是周云。在最初构思这些人物的时候，我曾担心这样的设计会不会偏离"工农兵的文艺方向"。后来我参加了中国作协的一次理事会，聆听了周总理的讲话，这才下定决心把这部书写出来。

那是1956年，毛主席做了《论十大关系》的报告，为了社会主义的建设，要把国内外的一切积极因素都调动起来，万事万物都呈现着一派生机。北京的中南海里，绿柳吐丝，湖水扬波。中国作协的一次理事会正在这里召开。明媚的阳光，照耀在紫光阁的玻璃窗子上，格外喜人。

上午9点刚过，周总理从中南海来到了紫光阁。他显得从容不迫，热情地和作协理事们一一握手。他目光炯炯，具有一种大政治家的敏锐和风度，一展眼，就会发现问题："今天是三八妇女节，我们这里却少了女作家。"

周总理对作家的情况非常熟悉，他看到了我，主动地打招呼：

"你们那里的草明同志没来吗?"

我说草明同志到鞍山去了,她正在鞍山深入生活。

周总理点头称赞:"深入生活就好,深入生活就会写出好作品。"

我又补充了一句:"草明同志不仅在鞍山深入生活,她还培养了一批青年作家。"

周总理愉快地说:"一个作家,又能写出好的作品,又能培养青年作家,那就更好了。"

在1956年的时候,由于我国的经济有了很大的发展,物质条件也非常丰富,文艺创作也很繁荣。当时的一些作家有较多的稿费和版税,主动提出来不领国家的工资,经济上自给,靠稿费生活。这种措施能不能作为一项政策推广执行,周总理很关心这件事,他认真地向与会的作家们做调查。

在汇报会上,广东的作家韩北屏首先发言,他讲到一次去航海的经历,最近又去一个拖拉机厂生活。他讲到他已经会开拖拉机了,讲得津津有味。

周总理听得很入神,当他听到韩北屏已经会开拖拉机了,做了一个愉快的手势,爽朗地笑出声来。

"好!我们的作家也会开拖拉机。你们那里有没有斯大林80号拖拉机?"

会议已经开得很久,周扬同志姗姗来迟。大家都已经坐好,已经没有空位置了。这时著名的剧作家曹禺同志主动地站起来,为周扬同志让座。周总理注意到了这个细节,很直率地问着曹禺同志:"你站起来干什么?"

曹禺同志很自然地回答说:"他是领导同志嘛!"

"对领导也不要迷信。"

周总理讲得很坦诚,也很深刻,他要让作家自己去独立思考,解放思想。他接着往下说:"过去,我认为作家很清高。现在看来,并不清高。你们都看过《旅顺口》这部小说吗?"

周总理向大家提出了问题。他的态度严肃而认真，仿佛是在进行一次考试。我是读过《旅顺口》这部小说的，我不大喜欢。但为什么不喜欢，我却说不出什么道理。这时，有位作家提起《旅顺口》曾获得过斯大林文学奖金。周总理皱皱眉头，生气地说："不要以为它曾获得过斯大林文学奖金，我们就不敢对它提意见了。《旅顺口》是宣扬俄罗斯大国沙文主义的，书里的康特拉琴珂根本不是什么英雄，他是沙俄侵略的工具。列宁在《中国的战争》中提到欧洲的资本主义伸向了中国，侵略了中国的旅顺口，这就够了。书里描写的中国人没有一个是好的。我们今天要树立的，是那些在反抗侵略战争中的英雄。"

周总理具有无产阶级革命家的气魄，看问题很深刻。他坚持国际主义的原则，但在原则问题上却寸步不让。他举个例子说："不久以前，我陪着赫鲁晓夫访问了旅顺口，参观了电岩炮台。赫鲁晓夫提出在这里为康特拉琴珂修建一座纪念碑，我们明确拒绝了他。旅顺口是中国的领土，不能给沙俄侵略者树碑立传。"

那天中午，我们留在了紫光阁和总理共进午餐。我恰巧坐在陈毅副总理身边。他问到了我的经历，我讲了自己从东北流亡到了北平，抗战以后，到了延安，又随着八路军参加过战斗，在平西随着白乙化的十团活动。陈毅副总理热情地鼓励我说："你应该写自己熟悉的生活，要写那些重大的题材。你为什么不写呢？"

就是通过这次接见，在周总理和陈毅副总理的启发和鼓励下，坚定了我的写作信心，我开始构思两部长篇小说，那就是后来出版的长篇小说《北国风云录》和《血映关山》。

下午，我向周总理做汇报。我讲到了自己在辽宁新民县长期深入生活，在经济上，从1952年起，我已经开始自给，不领国家的工资了。周总理认真地问道："你们辽宁的作家，经济上能够自给的有几位？"

我回答说："只有草明和我两个人，其余十几位作家，都是靠工资生活。"

周总理说："你们两个人是少数，看来这个问题还要慎重考虑。"

我讲了自己的思想顾虑："我们拿版税，成了高薪阶层，也有思想负担。"

周总理爽朗地说："我们这些人也是高薪阶层嘛，有我们给你做伴嘛！"

我觉得自己太幼稚，不懂得经济学和价值规律，同时，周总理的热情关心也深深感动了我。我又汇报了我想写的下一部长篇小说中的主人公是两个知识分子，是不是符合工农兵的方向。

"一个人不能选择自己的出身，却可以选择自己革命的前途。马克思和列宁都是知识分子出身，世界观改变了，成了无产阶级的一员，为无产阶级做出了一番惊天动地的事业。"

我觉得自己在饥渴中饮到了一杯琼浆，脑子清醒多了。

三十一　长山子风光

1958年秋天，我带着全家搬到辽宁省新民县兴隆公社去住，准备长期在此深入生活。这里不仅是我的故乡，也是我体验生活的基地。那年我下去时，还兼职新民县委的副书记，申蔚兼职新民县的农村工作部的副部长。我一面在基层生活，一面搞创作，还参加了一块农业试验田的劳动。

有一天，兴隆公社的副社长王恩成同志和我唠嗑，他指着西边的一座小山对我说："马书记，你看那里就是我的家长山子，你不去看看吗？"

长山子是在新民县境内仅有的一座小山，就像一朵花骨朵挺立在平坦的辽河岸边。过去我听老人说过，长山子有三害，这就是穷山、恶水、刁民。在日伪统治时期，山的北头修筑有日本兵的哨所，行人一旦误入这个地方，往往就没了命。现在它变成怎样了呢？我怀着一种好奇心，登上了长山子。

我到了长山子，才真正领略了长山子的风光。王恩成一边领我在山上走，一边向我介绍长山子的历史。长山子处在东北要冲的沈山线铁路边，离沈阳不足百里，是沈阳的门户又扼通向关内的要道之地，所以历来为兵家所必争。明代就有个高总兵在这里镇守一方。高总兵死后，他的坟就埋在山上。王恩成的先人，曾在高总兵手下当差，当过坟奴。日俄战争期间，沙俄的哥萨克骑兵曾在这里驻过营，挖过战壕。张作霖时期的郭军反奉时，张学良也曾在山上设立指挥所。到了解放战争时期，国民党七十一军曾经在山上设立了炮兵阵地，把山上的树都砍光了。战争和灾荒，使这里的老百姓四处避难，苦不堪言。

我们走到一棵大橡树下，王恩成看着山头仅有的几棵孤零的野杏树，杂丛的野草，眼圈发红了，难过地说："现在剩下了穷山恶水，老百姓的生活也太苦了。"

我说："正因为群众过去吃了苦，所以现在才应该让他们过得好一些。应该把秃山绿化起来，栽上苹果树。"

王恩成听了我的话，受到了鼓励，眼睛闪着光，激动地说："我早就想绿化荒山了，可是到哪里去找果树栽子呢？"

为了帮助他们，我想起了我的一个东大的老同学郑洪轩，他当时是沈阳农业科学院的院长。我给他写了一封信，从他那里引进了三千多棵苹果树苗。接着，我和社员一起到山上去挖苹果树坑。当我挖到第九个坑时，铁锹碰到了一个坚硬的东西，挖不动了。

一个社员猜测说："一定是碰到了石头了。"

还有一个社员开玩笑说："也许挖出宝贝来了。"

王恩成放下铁锹，从坑里捡出一块石头碎片，惊奇地说："这石头上还有字呢？"

村里一个年纪最大，阅历最深的老汉说了话："这不是高总兵的石碑吗？"

这个老汉说得果然不差，从破碎的石头上，还能辨认出"高总兵之墓"的字样。由于年代久远和水土的腐蚀，碑文的字迹已经十分模糊了。

这是我头一次在长山子参加劳动，不料却发现了高总兵的石碑。我的创作也意外地获得了一个素材。我正在构思的一部反映北方人民抗日斗争历史的长篇小说的主人公之一的地主王志兴，他的爷爷家就住在长山子村，外号叫"王大棒子"。小说的开篇有了眉目，我在创作上也找到了一把钥匙。这部小说，就是我后来写的《北国风云录》和《血映关山》这姊妹篇。

王恩成为了改变长山子的面貌，自己请求回到长山子，担任了大队支书。我也来到了长山子村，住到王恩成的家里，在这里长期深入生活。

我和王恩成对长山子村的发展做了长远的规划。像栽种果树、葡萄，引进更好的猪种、鸡种，盖小学校，修桥，等等，一样样地实现着。我们为了培养学习农业科技的人才，还特意从羊草沟动员来了一批知识青年。这些青年都愿意在长山子建设新农村，为了表示决心，一些青年还特意改了名字。如一个女青年就改名叫张爱农，有一个青年改名叫孙立山，有一个男青年改名叫董速杰。短短几个月工夫，董速杰就学会了剪枝和打药，后来成了新民县的劳动模范。

那几年，我在长山子度过了愉快的时光。每次下乡，我都要到第五生产队劳动。我还记得去铲地时的情形。天还蒙蒙亮时，就起了身。到了河滩地，先笼起篝火，手烤暖了，天放亮了，社员拉开了一长趟，同时甩开了锄头，锄掉了荒草，露出了玉米苗，一顺水儿绿油油的，十分稀罕人。

乡村的清晨，三道眉鸟在树趟里唱着歌，辽河里的木船扯着白帆漂过，太阳刚冒嘴，天空露出一片鱼鳞红，真叫人看不够。这里的空气多么清新，鸟语花香，使人精神舒畅。王恩成颇有感触地说："过去有些人看不起咱这长山子，说这里是穷山恶水刁民。你们看看这大桥底下的河滩地，真是甩手无边，能打多少粮食呀！"

社员们七嘴八舌，对改造长山子的规划又提出了很多的建议，如什么把河滩地开成方田啦，把村东西两头的水坑改成稻田啦，挖一条排水沟的排涝工程啦，等等。大家热情很高，我也很高兴，但我的心里却隐隐地有些顾虑。

我的顾虑不是没有道理的，自从1962年中共中央八届十中全会以后，突出了以阶级斗争为纲的政治路线，到处都在突出政治，农村也经常开会搞学习，而在长山子村，这样的政治学习会却开得不多，甚至有些抵制。这使我略微有些担心，会不会有人在这方面做文章。同时，文艺界又正是多事之秋。1962年的大连农村题材小说会议被批判了，我又是会议的参加者之一。1963年文艺界又传达学习中央的两个批示，说许多协会已经滑到裴多菲俱乐部的边缘，于是弄得人人检查，个个过关，折腾了半年多。在这场运动学习后，我又来到了长山子村。

那天，我从班家河小站下了火车，这里已经建成了一条通向长山子的乡路，路边还栽上了一排排新绿的柳树。长山子村新开的稻田地里，渠埂修得整整齐齐，秧苗嫩绿挺直，一架抽水机正在向顺水沟里放着清水，这是一片多么美好喜人的风光啊！

我还没有走进村子，王恩成已经从半路迎了上来。他高兴地向我介绍了长山子的生产情况：苹果已经剪了枝，葡萄搭上了架，玉米和高粱长势极好，加工厂安装了新的机器，小学校的窗户上了玻璃……他问："我们还该再抓什么？"

是的，再抓什么呢？我既为长山子已取得的成绩而高兴，又有些茫然。那时候，全国都在大抓阶级斗争，而我在长山子却是在抓生产建设，我已预感到一场政治上的暴风雨就要来临。我记得就在前几天的一次省委会上，一位省委书记郑重其事地说：咱们省有一位作家，住在辽河边上，他走的是肖洛霍夫的道路。这句话无疑说的是我，使我感到了压力。但王恩成却并不了解这些，他也不十分了解文艺界的情况，他十分不解地问我："我们好不容易度过了三年困难时期，现在农村形势这么好，为什么报纸上天天批评邓拓？"

我说："我和邓拓还有关系。我在张家口的时候，我们都在晋察冀日报社工作。他是社长，我是文艺版的主编。"

王恩成不以为意地说："你们是工作关系嘛！"

"运动一来，如果有人不这么看，就麻烦了。"

不久，史无前例的"文化大革命"运动就像霹雳似的降临了。

我回到了省作协。一夜工夫，省作协的地下室里贴满了大字报，许多是对我来的。有的揭露我和邓拓的"罪行"；有的说我和汉奸文人张露薇如何狼狈为奸；有的称我为"夺权老手"；有的说我历来是保护牛鬼蛇神的"大红伞"；有的说我过去写的作品都是些"毒草"……那些大字报全都充满了血腥气味，每一张大字报都能置我于死地。我被强迫写那些"检查"和"交代"稿，还不时地被拉出去批斗。大街上的游行队伍喊着口号，刺耳的高音喇叭惊天动地。我感到自己太孤独了，太绝望了。在这种形势下，有多少次我问过自己：我还能够再这样活下去吗？我这样活下去还有什么意义呢？我想找到安慰，找到希望，我想和申蔚谈谈，她却随着机关干部去长山子村参加秋收劳动去了。

就在我十分绝望的时候，申蔚从长山子参加劳动回来了。她告诉我说，机关这次组织干部去长山子劳动，本意是去搜集我的材料，不料却受到了长山子群众的坚决抵制，碰了钉子。长山子的群众说："你们要问马书记在长山子的工作成绩，十条二十条也能数上来。要问黑材料，一条也没有。"申蔚还对我说，她在干活的时候，王恩成私下对她讲，让转告我，让我放心。自从"文化大革命"以来，长山子群众没有给我贴过一张大字报。万一机关罢了我的官，长山子欢迎我回去，再帮助他们治山治水……

王恩成的话使我深深地受了感动，长山子的群众对我是多么信任和支持呀！群众的力量是多么巨大。我不禁想起了毛主席《在延安文艺座谈会上的讲话》，最干净的还是工人和农民。我交了一些真心实意的农民朋友，他们在关键的时刻能够讲真话，说真理，是他们给了我莫大的支持，鼓舞了我生活下去的勇气。

1968年，我和申蔚随机关到辽宁盘锦五七干校劳动，接受批判。经过一段时间的调查，被批判的干部开始陆续地被"解放"出来。在作协机关，申蔚是第一个被"解放"的干部，后来，我的问题也弄清楚了，包括那个历史上一直悬着的孙快农的身份问题。省委组织部的老张把写出的最终结论给我看了：孙快农不是什么"红旗政策"，他是第三国际的成员。抗战期间，他在天津从事地下党的活动，被日本水上警察逮捕，押送到北平南苑日本军事法庭审判，同年英勇就义，成为烈士。

我虽然被"解放"了，但运动并没有过去。我刚刚放下了沉重的政治包袱，却又被迫开始了更艰涩的五七道路的跋涉。1969年，我与申蔚被分配到遥远的昭乌达盟（今赤峰市）的深山老林里去插队落户。

三十二 青山不老

1969年的冬天，我和申蔚带着小儿子，来到内蒙古昭乌达盟宁城（又叫天义）县四道沟公社插队落户。

从宁城县城到我们去的四道沟公社，一共有二百四十里，它是离县城最远，最偏僻的一个公社。一进黑里河川，真是一步一山，一步一岭。山峰越来越险，风景也越来越美，临近兰花山的主峰，尽是深山老林。那望不到头的白桦树林子，那黄灿灿的柞树棵子，紫绛色的枫树点染着山坡。山麓下，羊肠小道旁边，还掺杂着矮矮的榛柴和映山红的枝条。车一拐过半截筒沟，扑面而来的就是一大片黑松林子，遮天盖日的，装饰了半座山岗。已经是十冬腊月的天气了，大雪封了山，松树枝被雪照得湛青青的，格外鲜绿。

在青山麓下，黑里河梢，分出了四条沟岔，附近还有一个村子，这就是四道沟村，那时是公社所在地。村子里有一所中学，一处小学，最好的建筑就是公社革委会的一排青瓦房了。村里也有不少四梁八柱的草房，因为山区树多，家家都夹着树障子，院里堆着一堆堆的木柴垛，还有用木头搭的牛棚和羊圈。大车店门前的树梢上，挑起了护林防火的三角红旗。

　　我一来到四道沟，就想起了延安的大砭沟，仿佛又回到了三十年前的抗日斗争年代的生活。后来才知道，这条静悄悄的黑里河川，过去也曾经是我们八路军的抗日根据地，也有过战斗的岁月和革命的传统。

　　我下到四道沟的那天晚上，许多社员都来到我家里看望。由于这里过去是老革命根据地，所以这里的群众非常热情和纯朴。他们带着从山上采来的榛子、蘑菇、猴头菜，屋里点着煤油灯，生起了炭火盆，烤得暖烘烘的。炭火烤在脸上，热在心里。我虽然是在走五七道路，但受到社员们这样热情的欢迎，心里还是觉得搅起了丝丝的暖意。

　　炭火烧得很旺，大家精神焕发，大声地唠嗑谈笑，抽烟对火，显得非常红火。村里的贫协主席杨青山给我留下的印象最深。他穿着一件白茬的羊皮袄，皮袄上还挂着炭灰，他兴奋地问着我："你在延安的时候，见过张思德吗？"

　　杨青山是朴实真诚的农民。他学习了毛主席的《为人民服务》，非常崇敬张思德的为人民服务的精神。我能够理解他的这种朴素真挚的感情，同时也受到了一些感染。我来到了这个山区，就像又回到了华北根据地的老家一样，不由得感动地说："咱们都是一家人嘛！"

　　在灯的那一边，妇联主任也在和申蔚小声地唠着嗑，询问在这里生活是否习惯，打听申蔚在延安时是否下过乡。申蔚细声细语地回答说："我在延安的柳林乡生活过，还学会了纺线……"

小队的赵队长望望外边的天空，三星都已经歪西了。他回头提醒大家道："天不早了，大家都回吧。五七战士刚下来插队，以后唠嗑的日子还多着呢！"

由于刚下来，还没有专门给五七战士修盖的房子，我们暂时被安排在一个姓杜的社员家的对面屋住。他们全家都很热情，给我们烧了热炕。这一夜，我们睡在热炕上，烤着暖烘烘的炭火盆。尽管这是偏僻的山区，山又高，雪又大，屋里也没有暖气设备，但我还是觉得身上有股暖流在缓缓地流动着。

第二天，我到小队去参加劳动。小队的场院上正在打着场，场院里堆着谷垛，还有荞麦秆。有四五个社员在打着连枷，还有的带着斧子准备到山上去砍柴。从羊圈附近，不时传来羊羔咩咩的叫声，林中的野鸡咕咕地叫着，大车轱辘轧着冰碴，清脆而又生涩。

前面有一个黄土包，从烟筒里冒出缕缕的青烟，那里是个炭窑。

一会儿，赵队长从那里下来了。他顺着羊肠小道，顶着北风，挑着两筐木炭，小跑过来。他走到场院门口，就吵吵巴火地喊："出炭了！"

社员看见赵队长挑来的木炭，都高兴地叫起来："好炭，好炭！真是老把式烧的。"

赵队长说："炭窑现在还缺一个装窑的，你们谁去？"

我说："赵队长，让我去吧！"

赵队长打量了我一下，因为我没有别的活占手，就同意了。

装窑需要三个劳动力。一个砍柴的小伙子，他砍下柴榾柮，我就拿过来递给窑里面的那个装炭的。窑口只有一尺见方，又矮又暗，不时从里面喷出污浊的炭气。我看不见里面的人，只感到他在粗粗地喘气。

大雪封了山，铺天盖地地蒙上了一层白纱。远处是兰花山的主峰，它与大地连成白茫茫的一片。现在这里正是干冷的天气，黑里河也冻成了一条冰川。我不时听见炭窑洞里的那个人在急促地喘气："递给我一根粗的！"

我拣了一根粗的柴榾柚递到炭窑口，才发现里面的人原来是农协主席杨青山。

"是你呀！"

"是我。"

杨青山回答得很亲切，仿佛遇到了自己的亲人一样，弯着炭黑的眉毛，质朴地笑一笑。他的四方脸上、额头，布满了汗珠。他换了一口气，就又猫腰回到了炭窑里。

外面的天气很冷，而炭窑里又是那么闷热熏人，杨青山的辛苦可想而知。我来了以后，才知道这里过去流行着这样一个民谣，它记述了这里的老百姓曾经过着怎样的生活，歌唱着他们对共产党、八路军的亲密感情：

> 黑里河弯又长，
> 吃蕨菜，拌谷糠，
> 野外烧木炭，
> 住在深山马架房。
> 头枕石头脚蹬墙，
> 铺着荞麦穰，
> 睡的是霸王炕。
> 盼星星，盼月亮，
> 盼来亲人八路军，
> 西方不亮东方亮。

太阳落山了，我回了家。申蔚和小儿子长鸿已经从荞麦场上劳动回来多时，又做好了饭。申蔚关心地问我："今天你有什么收获？"

我说："我认识了一个张思德似的人物。过去我在延安烧过炭火盆，却从来没想过烧炭是这么辛苦。"

我在四道沟期间，适逢辽宁省医疗队到这里巡回医疗，从而遇到了在沈阳就认识的王旷观大夫，他也顺便给申蔚看了病。他给申蔚量完了血压，瞧了脉，沉吟了良久，才做出了判断："你的血压偏高，肾盂肾炎犯了，要加强营养，不要疲劳过度。黑里河地区条件比较差，山高水冷，又是克山病的高发区，许多家小孩一生下来就是哑巴。城市知识青年都不愿意到这里来落户。您要严密控制住病情，如果恶化发展成尿毒症，可就不好办了。"

王旷观大夫的提醒令我们很感谢，可我们现在是住在偏僻的山区，距离沈阳的医院很远，药也很缺，想出去看病十分不方便。处在走"五七"的境遇里，许多方面都要小心注意。就是在四道沟的这些日子里，申蔚得上了心脏病，加重了肾病，这使她原本就虚弱的身体更加虚弱了。

命运又向我们发出了挑战，我的思想上又多了一个包袱。

我们在四道沟插队一直待到1971年，以后转到辽宁新民县继续插队。直到1972年，我才开始被借调回省里。1973年以后，我和申蔚才被正式调回来，我在省新华书店里新设的文艺创作室工作，她在省出版社工作。在这以后，社会上的反"回潮"，"反击右倾翻案风""批林批孔""批邓"的运动不断，我们的日子仍不好过。直到粉碎"四人帮"后，我们的国家才彻底地好起来，我们的处境也才彻底地转变过来。

三十三　延水悠悠情曲化作梦

一生当中，我最怀念的地方就是延安。在延安，我最怀念的亲人，就是申蔚。

我和申蔚本是萍水相逢，她生在河南，我生在东北，一条红线把我俩都牵到了延安，牵动这条红线的就是我的朋友曾克同志。当时，我和曾克都在延安蓝家坪的"文抗"工作，而申蔚是曾克在开封北仓女中的同学，于是由曾克介绍，我们就认识了。

我和申蔚认识不久，就召开了延安文艺座谈会。我虽然是会议的代表，但还是忍不住在会议的间隙时间，跑到申蔚工作的中央妇委去看望她。申蔚知道我来开会，很兴奋和惊奇："我听说延安的文艺界正在开会。"

我说："今天是作家的个人发言。"

申蔚催促我："你快回去吧，听听别的作家的发言，也会有精彩的东西的。"

后来在延安整风运动中，有位同志批评我这次到中央妇委去找申蔚，是犯了自由主义。申蔚也很认真地对待这个问题，没有徇私情，她认为我不仅是自由主义，还有爱情至上主义。

我坦白地承认，我有爱情至上主义，但很难克服它。

我和申蔚都很喜欢延河。晚饭以后，我经常约她出来到河边散步。我们从杨家岭的妇委宿舍出来，经过毛主席住的那排窑洞，出了沟口，到了延河边。黄昏以后，晚霞从蓝家坪的山头退去，山谷里的驼铃叮当地响着，从三边来的老客正准备打尖歇脚，只有永不疲倦的延河在潺潺地流着。

在蓝家坪对面的河边，有一块青色的卧牛石，不知哪年发大水，从山沟里冲下来的，这里成了我们幽会的好地方。我俩坐在卧牛石上，听着流水的声音，说着知心话，迎着神秘的夜幕，感到非常幸福。

夜深了，人静了，蓝家坪的虎头峁山上下了雾，仿佛给山蒙上了一层轻纱。远处杨家岭的窑洞闪出点点的星火，在夜雾里流动。

申蔚靠着我的肩膀，轻声地说："毛主席又在写文章了。《论持久战》就是在窑洞里写出来的。"

我说："毛主席给黑暗的中国指出光明的前途。"

申蔚回忆她幼年丧父，孤女寡母过着清贫的生活。河南连年天灾人祸，水旱蝗汤，民不聊生。还在一二·九学生运动时期，她就参加了民先，进行抗日宣传工作，游行，示威，请愿，还在河南战教团做过女生队长，后来到了延安。我的流亡生活更是悲惨，失学，失业，失恋，饥饿，受压迫，蹲拘留所，什么滋味都尝过。同是天涯沦落人，我们有多少共同的语言，延安是我们的必然归宿。

在延安的那些幸福的日子里，我常常和申蔚会面。特别是礼拜天，会面成了我们神圣的义务。

1942年7月中旬的一天，我离开蓝家坪，绕过小砭沟，跨上羊肠小道，准备到杨家岭去和申蔚会面。刚走到延河渡口，忽然发现延河涨了大水。因为上游下了大雨，山洪暴发，波涛汹涌，河面辽阔，把蓝家坪和杨家岭分在两半，已经断了行人。这种严峻局面的出现，实在是出乎我的意料。再返回蓝家坪吧，自己又很不甘心。迎着波涛过河，又担着生命的危险。我又一想，过去自己随八路军在华北打游击，不也遇到过许多的危险吗？我下了决心，脱掉了衣服，用左手举着，只用右手划着水，顺着延河的激流，向下游浮去。当游过蓝家坪前面的河心，我望见我俩常常在那里幽会的卧牛石。河水浩荡，已经把它吞没了半截。河水凶猛，激起层层的浪花，卧牛石的脚下，形成了圆圈形的漩涡，漂浮着谷草和树叶。人要是卷到了漩涡里，也会丧失了生命。我浮到漩涡的跟前时，觉得有些恐怖，用右手拼命地划呀！使足了全身的力气，才脱离了卧牛石的漩涡，到了杨家岭的对岸，我才松了一口气。

对于我的这次冒险行动，申蔚是又生气，又欣赏，又很惊讶，她问："这么大的水，你怎么过来了？"

我不提洪水怎样危险，只是轻描淡写地说："我一下决心，就浮过来了。"

申蔚对我的态度真正地不满意了，她噘着嘴，直率地说："你知道吗，妇委的一个同志对我说，申蔚呀，你交的这个朋友，我看有些冒里冒失！"

我看她真生气了，才认了错："我的老毛病又犯了。"

"有毛病就得改一改嘛！"

当时延安的生活条件很苦，有的女同志吃不了苦，找对象就走了首长路线。申蔚自尊心很强，偏偏看上了我这个穷光蛋。在延安时，我只有从华北根据地带回来的一件日本军大衣，一件日本军用毛毯，一顶钢盔，一支钢笔，这就是我的全部财产了。我和申蔚结婚的时候，就是把钢盔当锅使用，煮延安的枣子吃，生活也觉得很甜蜜。后来，康生掀起了"抢救运动"的狂潮，它比洪水还要凶猛。隔着延河，我和申蔚有两年没有见面。运动到了高潮时，有人逼迫我交代"特务"问题，消息传到了中央妇委，妇委的一个女同志劝告申蔚和我划清界限，另外再找对象。申蔚痛苦万分，夜里睡不好觉，她几次呼唤我的名字。那位妇委同志很不理解申蔚的感情，非常惋惜地说："申蔚，你图希吗加个什么！"

　　如果说，人类社会有着高尚的感情，那么当时的延安就的确存在着高尚的友情和爱情。

　　抗战胜利以后，申蔚本来是有机会回到河南，早日与她的久别的母亲团聚的，但她却同我奔赴了险象丛生的东北。在穿越科尔沁旗草原时，我们遭受到叛变的蒙古队的袭击；在佳木斯的群众大会上，又遇到敌人打黑枪，一次次地经历了危险。到沈阳以后，她从行政工作调到作协搞创作，与我一起到农村深入生活。在辽南的苹果园里，在新民的辽河岸边，处处留下了我俩的足迹。我的中长篇小说，每一部都凝聚着她的心血、汗水和智慧。她在我的创作上花费的时间太多，而留给自己的创作时间又太少。她只写了中篇小说《青春的脚步》和短篇小说集《雨后彩虹》，还有一些散文。除了为了伟大的目标、忘我地劳动和无私地奉献，还能图希什么呢？

　　"文化大革命"时期，我们都被打成"走资派"，被下放到内蒙古昭乌达盟的深山老林。天寒地冷，有病也得不到及时的治疗，申蔚积劳成疾。十多年来，一直被病魔纠缠着。先是肾功能不全，后来变成尿毒症。1993年秋天，转到沈空部队的一家医院，腹部做了透析手术，安上胶皮管子，经过半年的精心治疗，病情有了好转。到了1994

年春天以后，出现了肺部感染，长期发着高烧，医院里的抗菌素几乎用遍，产生了抗药性。到了夏天时，医院的刘主任提出新的治疗方案，服用进口的美西林。因为医院里没有药，需要我们自己去购买。申蔚心情很沉重，悲观地对我说："我看，尿毒症是一种绝症，许多人进了医院，到头来都是人财两空。咱家只有那么一点点储蓄，还是留下干正经的事，把你的没出全的文集出版吧。"

我告诉申蔚，孩子们都同意把储蓄款用来购买美西林，其他不得动用。后来，用美西林治疗了五个疗程，病势减轻，体温下降到三十六摄氏度，经过医生许可，同意申蔚暂时回家做透析。

自从申蔚有病住院以来，我们已经很久没有回家了。这个家呀，它坐落在沈阳新乐遗址的南边，面对着辽宁大厦，遥望着北陵公园。新开河从窗前流过，楼外是一片绿油油的小树林，掩盖着我那间小小的绿野书屋。这里环境优美，空气新鲜，我在这里写完了我的最后一部长篇小说，度过幸福的金婚时光，我们珍藏的每一张生活照片，都成为历史的记录。

我打开相片簿子，温习过去的生活。卷首是我和申蔚在佳木斯的合影。那一年申蔚才二十七岁，显得分外年轻。她当时在市委办公室当主任秘书，穿了一件翻领制服，圆润的脸，灵活而聪明的杏仁眼睛，飘飘然有一种风采，真漂亮极了。申蔚看了自己的照片，也觉得惊异了。

"我有这样漂亮吗?!"

"你还有一张更漂亮的照片，那是在张家口拍的。可惜你因为一点小事发了脾气，把它撕坏了。"

"不要谈了。我们还有一张在延安的最好的照片。"

我们谈到了延安，展开了丰富的精神世界：宝塔山、杨家岭、凤凰山、清凉山、蓝家坪、小砭沟、桃林、枣园、延河水，我俩幽会过的卧牛石，每一处都使我俩深深怀念。

我俩还想看金婚照片的时候，三个儿子进屋来了，好心地劝告说："妈妈刚回家，不要太兴奋了，还是早点休息吧。"

回家的那天晚上，我们睡得很安宁，屋子很温馨。过了半夜，外面刮起了风。室外的葡萄树的叶子抖动着，楼根底下的蛐蛐叫着，有点荒凉。就在那工夫，我听见申蔚的被角动了动，声音很轻，我问："你醒了吗？"

"我醒了。"

"你想什么呢？"

"我想，你的文集应该出版，哪怕是自己买书号。"

"你别说了，你的健康就是全家的幸福。"

申蔚再没有说下去，态度很温存，又很忠实，像小孩子淘气似的对我说："你再来亲亲我。"

我亲了亲她。在这幸福的时刻，我们都记起了过去的岁月，记得我们是怎样走过那些不平凡的战斗路程。一直鼓舞我们的，就是延安精神。

申蔚喃喃地说道："我多想看看在延河边的那块卧牛石呀！"

由于申蔚的病情还不稳定，在家里住了三天，就又返回了医院。虽然多次用了美西林，也没有控制住发烧、吐痰、说胡话，情况使人担心。我们家里的电话这时又打不通，万一发生什么情况，医院和家里联系都很困难，真是困难万分。我想说服儿子们，让我留在医院里继续护理，但儿子们不同意。他们担心我长年累月地住医院，拖垮了身体。我回到家里，也很不安心。到了9月22日凌晨，孩子派来汽车接我去医院。我打听司机，司机也不大清楚。一路上，我左思右想：申蔚的病情好转了吗？又要买美西林了吗？到了医院，我气喘喘地爬上医院的楼梯，直奔熟悉的214病房，心里直发跳。今天，病房里非常地安静。灯光暗淡，被单上发出苦药的气味。医生和护士都已不在屋子里了，只有我的小儿子伏在床头，脸色惨白，痛苦地哽咽着。申蔚还像往常一样躺在床上，仰着脸，停止了呼吸，永远地闭上了她那聪明灵活的杏仁眼睛。看到这情形，我的心都凉透了。

"申蔚！申蔚！"

我喊了一声，两声。此刻尽管我有千言万语，她已经不能回答我了。

延水悠悠情曲化作梦，
宝塔苍苍爱侣竟永别。

完稿于1996年6月

附录：马加作品目录系年

1928年

《秋之歌》（诗歌）　《平民日报》1928年10月

《惆怅》（小说）　《东北大学周刊》1928年11月号

1929年

《笳声》（诗歌）　《盛京时报》1929年1月

《孤魂》（诗歌）　《春潮》六期　1929年5月号

《在千山万岭之中》（散文诗）　《东北大学周刊》1929年6月号

《野狗的跳舞》（散文诗）　《新民晚报》副刊《今天》1929年6月

《向阳的山坡》（诗歌）　《怒潮》一期　1929年10月号

1930年

《母亲》（小说）　《北国》一期　1930年10月号

《风雪之夜》（小说）　《东北大学周刊》1930年10月号

1931年

《收租》（小说）　《精诚》1931年5月号

《贫人之妻》（小说）　《精诚》1931年

《芦苇》（诗歌）　《天津民国日报》1931年10月26日

《无题》（诗歌）　《天津民国日报》1931年10月

《流浪》（小说）　《天津民国日报》1931年11月

1933年

《火祭》（诗歌）　《文艺月报》一期　1933年5月

《给友人》（诗歌）　《京报》1933年5月

1934年

《溃灭》（小说）　《清华周刊》41卷3期　1934年4月号

《同路人》（小说）　《清华周刊》41卷4期　1934年4月号

《阵地》（小说）　《流萤》一期　1934年7月号

《我的献词》（诗歌）　《流萤》一期　1934年7月号

《房子》（散文）　《清华周刊》1934年8月号

《山中的奇迹》（诗歌）　《北平晨报》副刊《诗与批评》34期
1934年9月3日

《最后的一件衣服》（散文）　《天津中国新报》1934年8月23日

《街上》（散文）　《天津中国新报》1934年8月25日

《登上了奴隶的国土》（散文）　《天津中国新报》1934年10月26日

《灾害之中》（小说）　《华北月刊》二卷　1934年10月号

《山中居民》（小说）　《清华周刊》42卷6期　1934年11月号

1935年

《鸦片零卖所之夜》（小说）　《华北月刊》三卷一期　1935年2
月号

《我的两个朋友》（散文）　《大公报》副刊《文艺》1935年7月

《房租》（散文）　《益世报》1935年4月14日

《创作与体验》（评论）　《益世报》1935年9月号

《秋天》（散文）　《益世报》1935年9月23日

《我的朋友》（散文）　《益世报》1935年11月29日

《老人的死亡》（小说）　《星火》二卷二期　1935年11月号

《阴惨的天气》（散文）　《益世报》1935年10月10日

《警备道》（小说）　《华北月刊》1935年11月

1936年

《我的祖先》（小说）　《文学导报》一期　1936年3月号

《故都进行曲》（千行长诗）　《文学导报》二期　1936年5月号

《家信》（小说） 《文学导报》三期 1936年7月号

《小伙房》（小说） 《新地》三期 1936年8月号

《登基前后》（《寒夜火种》）（长篇小说） 《文学导报》四五期合刊 1936年10月号

《登基前后》（单行本） 1936年11月，上海杂志公司发行出版

《荒乱之秋》（小说） 《世界动态》一期 1936年11月号

《惊慌之夜》（小说） 《世界动态》二期 1936年12月号

《演习以后》（小说） 《文学导报》六期 1936年12月号

《被解放的人群》（小说） 《黎明》一期 1936年12月号

1937年

《潜伏的火焰》（小说） 《文风》一期 1937年5月号

《参加战地服务团》（小说） 《光明》1937年7月号

《北平失陷的一天》（散文） 《时事类编》特刊 1937年10月号

1938年

《我没有走开》（散文） 《文艺突击》三期 1938年11月号

1939年

《动员》（小说） 《文艺战线》三期 1939年4月号

1940年

《白天与黑夜》（小说） 《反攻》九卷三期 1940年10月号

1941年

《通迅员孙林》（后改名《过甸子梁》）（小说） 《解放日报》1941年7月

《杨秀峰的片段》（散文） 《解放日报》1941年7月5日

《想起》（散文） 《解放日报》1941年9月18日

《距离》（小说） 《解放日报》1941年10月15日

《光荣花的获得者》（小说） 《八路军军政杂志》1941年12月号

《间隔》（小说） 《解放日报》1941年12月15日

《萧克将军在马兰》（散文） 《解放日报》1941年12月22日

1942年

《减租》（小说）　《解放日报》1942年4月19日

《恐惧》（小说）　《谷雨》四期　1942年4月号

《飞龙梁上》（小说）　《解放日报》1942年7月9日

《宿营》（小说）　《谷雨》六期　1942年8月号

1945年

《滹沱河流域》（长篇小说）　《解放日报》连载　1945年9月

《辽河套》（诗歌）　《晋察冀日报》1945年11月

《母亲》（小说）　《晋察冀日报》1945年12月

1946年

《夜》（小说）　《东北文化》1946年10月10日

1947年

《滹沱河流域》（长篇小说）　上海作家书屋单行本，1947年1月初版

《滹沱河流域》（长篇小说）　东北书店单行本，1947年8月第一版

1948年

《评煮豆燃豆萁》（文艺短论）　《文学战线》一期　1948年5月

《长春在恢复中》（散文）　《生活报》1948年11月

《饿》（小说）　《生活报》1948年12月6日

1949年

《江山村十日》（长篇小说）　东北书店单行本，1949年5月初版

《江山村十日》（长篇小说）　上海群益出版社，1949年10月初版

《故乡》（诗歌）　《生活报》1949年11月10日

《马》（小说）　《文艺月报》二期　1948年12月10日

1950年

《双龙河》（小说）　《东北文艺》1卷1期　1950年2月

《开不败的花朵》（中篇小说）　《小说月刊》连载

《开不败的花朵》（中篇小说）　《东北文艺》1卷4、5期　1950年5、6月号连载

《开不败的花朵》（中篇小说）　东北书店单行本，1950年初版

《开不败的花朵》（中篇小说）　人民文学出版社，1950年10月初版

《江山村十日》（长篇小说）　上海群益出版社单行本，1950年4月第二版

《我学习群众语言的一点体会》（创作谈）　《文艺报》二期1950年7月号

《我爱我的祖国》（散文）　《东北文艺》2卷3期　1950年10月号

1951年

《江山村十日》（长篇小说）　上海新文艺出版社单行本，新一版

1952年

《开不败的花朵》（中篇小说）　人民文学出版社单行本，1952年2月第一版

《参观蔡特金集体农庄》（散文）　《人民文学》三期　1952年3月号

《红场上的召唤》（散文）　《人民文学》1952年11月号

《在西伯利亚途中》（散文）　《弥漫着和平气象的苏联》（散文）

1953年

《悼斯大林同志》（诗歌）　《文学月刊》1953年5月

1954年

《开不败的花朵》（中篇小说）日文版　牧浩平译，日本弘道馆，1954年1月15日

《开不败的花朵》（中篇小说）　人民文学出版社单行本，1954年2月第六次印刷

《在祖国的东方》（长篇小说）　作家出版社单行本，1954年8月初版

1955年

《在朝鲜的日子里》（小说） 《文学丛刊》一辑 1955年4月

《一个值得纪念的文化站》（散文） 《人民日报》1955年6月

《新生的光辉》（短篇小说集） 作家出版社单行本，1955年11月

《在曲洛挤奶场》（散文） 《人民日报》1955年

《牧场上》（散文） 《文学月刊》1955年12月

《来自阿尔泰山哈萨克诗人》（散文） 《农业家光布》（散文）

1956年

《祝贺孩子们长成》（文艺短论） 《文学月刊》1956年1月

《一点愿望》（文艺短评） 《文学月刊》1956年4月

《"男人在草地上是幸福的"》（散文） 《文学月刊》1956年8月

《猎人那塔密得》（散文）

《友谊散记》（与申蔚合著散文集） 上海文艺出版社单行本，1956年初版

《开不败的花朵》（中篇小说）蒙古文版 1956年，乌兰巴托

1957年

《杏花开、种棉花》（小说） 《处女地》1957年1月

《生活的源泉》（文艺短论） 《春雷》1957年5月

《友谊的城市》（散文） 《处女地》1957年11月

1958年

《创作的劳动》（文艺短评） 《文学青年》1958年1月

《给新民改洼治涝的民工》（诗歌） 《辽宁日报》1958年3月27日

《在祖国的东方》（长篇小说） 作家出版社单行本，1958年3月出版

《试验田》（小说） 《处女地》1958年5月

《给青年作者的信》（文艺短论） 《文学青年》1958年8月

《开不败的花朵》（中篇小说） 人民文学出版社，1958年9月

1959年

《描写生活中的共产主义萌芽》（文艺短评）　《文艺红旗》1959年1月

《给青年作者的信》（文艺社论）（单行本）　茅盾、马加等著，春风文艺出版社，1959年5月

《红色的果实》（长篇连载）　《文艺红旗》1959年5月—7月

《谈创作的感受》（文艺短评）　《人民日报》1959年9月30日

《过甸子梁》（短篇小说集）（单行本）　春风文艺出版社，1959年9月

《江山村十日》（长篇小说）　上海文艺出版社新一版，1959年11月

1960年

《群众的创作和天才》（文艺短评）　《文学青年》1960年1月

《学习毛主席文艺思想》（文艺短评）　《文艺红旗》1960年4月

《松山里纪事》（散文）　《文艺红旗》1960年5月

《何春苓的变化》（长篇小说《红色的果实》增写的一章）　《文艺红旗》1960年5月

《红色的果实》（长篇小说）　作家出版社，1960年6月初版

《向瘟神开炮》（文艺短评）　《文艺红旗》1960年7月

《石林之歌》（散文）　《人民文学》1960年8月

《创造时代的英雄人物》（文艺短评）　《文艺红旗》1960年9月

《革命的动力和革命的理想》（文艺短评）　《光明日报》1960年10月12日

1961年

《鹿回头村一老人》（散文）　《文艺红旗》1961年4月

《记广州农民运动讲习所》（散文）　《人民文学》1961年4月

《坚持工农兵的文艺方向》（文艺短评）　《文艺红旗》1961年6月

《金花的故乡》（散文）　《边疆文艺》1961年7月

《谈"草生一秋"》（文艺短评）　《文艺红旗》1961年10月

《开不败的花朵》（中篇小说）（英文版）　外文出版社，1961年11月第一版

《开不败的花朵》（中篇小说）（德文版）　外文出版社，1961年11月第一版

1962年

《山海关的面貌》（散文）　《人民文学》1962年5月

《幸福的时代》（散文集）　马加、安波著，春风文艺出版社，1962年7月初版

《蒲河草塘》（散文）　《文艺红旗》1962年11月

1963年

《〈寒夜火种〉前言》　《鸭绿江》1963年4月

《寒夜火种》（中篇小说）（单行本）　春风文艺出版社，1963年7月第二次印刷

《红色的果实》（长篇小说）　作家出版社单行本，1963年11月第四次印刷

《叙家谱》（小说）　《鸭绿江》1963年11月

1964年

《不要忘记过去》（文艺短评）　《鸭绿江》1964年1月

《寒夜火种》（中篇小说）（单行本）　春风文艺出版社，1964年5月第三次印刷

《长山流水》（散文）　《鸭绿江》1964年10月

《悼念井岩盾同志》（与思基、柯夫、韶华合写）　《鸭绿江》1964年11月

《燕飞河颂》（散文）　《辽宁日报》1964年12月1日

1972年

《青山不老》（散文）　《辽宁文艺》1972年10月

1975年

《赞"泥腿子"书记》（散文）　《辽宁文艺》1975年9月

1977年

《回到杨家岭》（散文）　《人民文学》1977年3月

《祖国的江河土地》（散文）　《辽宁文艺》1977年11月

《"文艺黑线专政"论必须推翻》（文艺短评）　《辽宁日报》1977年12月12日

1978年

《延安曲》（诗歌）　《辽宁画报》1978年1月

《酿造生活的战士》（散文）　《辽宁日报》1978年

《拨乱反正，繁荣创作》（文艺短评）　《辽宁文艺》1978年4月

《纸老虎与乏走狗》（文艺短评）　《辽宁日报》1978年

《文艺界需要民主》（文艺短评）　《辽宁日报》1978年

《新的长征颂》（文艺短评）　《辽宁文艺》1978年6月

《开不败的花朵》（中篇小说）（单行本）　人民文学出版社，1978年9月第十四次印刷

《〈天安门诗抄〉笔谈》（文艺短评）　《鸭绿江》1978年12月

1979年

《生命不息》（散文）　《鸭绿江》1979年1月

《文艺与民主》（文艺短评）　《鸭绿江》1979年2月

《江山村十日》（长篇小说）（单行本）　春风文艺出版社新一版（共印十四次），1979年3月

《往事与哀思》　上海文艺出版社，1979年9月

《从生活谈起》（文艺短评）　全国四次文代会的书面发言，1979年11月

《祖国的江河土地》（散文集）（单行本）　春风文艺出版社，1979年12月初版

《酿造生活的战士》（散文）

《伟大的红色女战士》（散文）　《鸭绿江》1979年12月

1980年

《历史的春天》（文艺短评）　《辽宁日报》1980年5月17日

《谈文学的语言》（文艺短评）　《鸭绿江》1980年5月

《从生活谈起》（评论）　四川人民出版社，1980年8月

《涅卡尔河畔的主人》（散文）　《人民文学》1980年11月

1981年

《祝愿》（祝词）　《文学少年》一期　1981年

《中国现代短篇小说选》　人民文学出版社，1981年3月

《鞭策与怀念》（散文）　《鸭绿江》1981年6月

《〈文学的艺术技巧〉序言》　春风文艺出版社，1981年9月

《北国风云录》（长篇小说）　《鸭绿江》选载十八章　1981年9月—12月

《没有走完的道路》（散文）　《鸭绿江》1981年12月

《过梁》（短篇小说）

1982年

《北国风云录》（长篇小说）　《春风》选载七章　1982年2月

《一部开创新局面的作品》（文艺短评）　《文学评论稿》1982年3月

《山海关的面貌》（散文）　《中国当代游记选·上》　中国旅游出版社，1982年5月

《〈大学生文艺〉创刊》　《大学生文艺》创刊号　1982年5月

《〈杨朔文集〉序言》　《小说林》1982年8月

《九月红旗飘》（散文）　《鸭绿江》1982年11月

1983年

《祝贺〈启明〉》　《启明》1983年1月

《北国风云录》（《马加文集》第五卷）（单行本）　春风文艺出版社，1983年4月第一版

《北国风云录》（长篇小说）（单行本）　中国青年出版社，1983年8月第一版

《欲罢不能》（《北国风云录》序言）　《光明日报》1983年10月29日

《写真实》（文艺短论）　《鸭绿江》1983年11月

《我的第一篇作品》（创作谈）　《鸭绿江》1983年11月

《作家的职责》（文艺短评）　《鸭绿江》1983年12月

《作家的灵魂》（创作谈）　《理论与实践》1983年12月

1984年

《祝贺〈庄稼人〉创刊》　《庄稼人》1984年1月

《〈杨朔文集〉序》　山东文艺出版社，1984年1月

《昭陵二载》　《沈阳日报》1984年1月9日

《作家的土壤》　《当代作家评论》1984年2月

《过梁》（小说）　《延安文艺丛书·小说卷》　湖南人民出版社，1984年3月

《母亲》（小说）　《延安文艺丛书·小说卷》　湖南人民出版社，1984年3月

《萧克将军在马兰》（散文）　《延安文艺丛书·散文卷》　湖南人民出版社，1984年3月

《烟泡》（小说）　《北方文学》1984年3月

《〈柯夫戏剧集〉序》　春风文艺出版社，1984年5月

《黄河之水天上来》（散文）　《鸭绿江》1984年10月

《关东风味》（散文）　《中国烹饪》1984年11月

《不应忽视五十年代作家》（文艺短论）　《文学信息》1984年11月19日

1985年

《广阔的天地》（文艺短论）　《鸭绿江》1985年2月

《值得回忆的历史》（散文）　《辽宁经济报》1985年2月

《〈啼笑皆非〉序》（文艺短论） 《辽宁日报》1985年10月

《向小作家基地同学讲几句话》 《作家生活报》1985年10月

《怀念安波同志》 《沈阳日报》1985年10月

1986年

《〈夕阳明诗词选〉序》（诗论） 《当代诗歌》1986年1月

《要写真实》（文学短论） 《小学生优秀作文》1986年1月

《群星灿烂北方》（回忆录） 《作家生活报》1986年3月16日

《读丁玲同志的小说》（论文） 《丁玲创作独特性面面观》（专集）1986年4月

《故都进行曲》（诗歌） 中国文联出版公司（一二·九诗歌），1986年4月

《棒棰岛的风雨》（散文） 《鸭绿江》1986年5月

《我的少年》 《文学少年》1986年6月

《马加文集·第1卷》（短篇小说卷） 春风文艺出版社，单行本1986年11月新一版

1987年

《长山子的风光》（散文） 《芒种》1987年1月5日

《怀念安波同志》（散文）

《安波纪念文集》

《回顾延安文艺座谈会》 《文艺报》1987年5月30日

《森林的民族》 《满族文学》1987年10月

《〈文学战线〉的前前后后》 《鸭绿江》纪念专辑 1987年11月

1988年

《一个正直作家》 《辽宁日报》1988年3月1日

《昭陵二载》（小说） 《东北大学建校65周年纪念专刊》1988年4月

1989年

《双龙河》（小说）《中国新文艺大系·短篇小说集（1949—1966）》

中国文联出版公司，1989年10月

《开不败的花朵》（中篇小说）　《中国新文艺大系》　中国文联出版公司，1989年10月

《寄怀张学良将军》（诗歌）　《辽宁政协报》1989年11月15日

1990年

《寄怀张学良将军》（诗歌）　东方出版社，1990年5月

《怀念石光同志》（散文）　《辽宁日报》1990年11月27日

1991年

《六十年创作回顾》　《文艺报》1991年

《马加文集·第2卷》（中篇小说卷）　春风文艺出版社，1991年12月

1992年

《过梁》（小说）　《中国解放区文学书系·小说编》　重庆出版社，1992年3月

《母亲》（小说）　《中国解放区文学书系·小说编》　重庆出版社，1992年3月

《滹沱河流域》（长篇小说，存目）　《中国解放区文学书系》　重庆出版社，1992年3月

《江山村十日》（长篇小说，存目）　《中国解放区文学书系》　重庆出版社，1992年3月

《萧克将军在马兰》（散文）　《中国解放区文学书系》　重庆出版社，1992年3月

《舅舅住在辽河套里》（诗歌）　《中国解放区文学书系》　重庆出版社，1992年3月

《我所留念的时光》　《鸭绿江》1992年5月

《〈讲话〉是科学的真理》　《辽宁日报》1992年5月

《五月的阳光》　《人民文学》1992年5月

《洒满阳光的道路上》　《红叶》1992年6月

《创作与源泉》 《辽宁文艺界》1992年7月

《山海关的面貌》（散文） 《中国游记鉴赏词典》 陕西旅游出版社，1992年8月

《记广州农民运动讲习所》（散文） 《中国游记鉴赏词典》 陕西旅游出版社，1992年8月

1993年

《患难的友情》 《中流》1993年2月

《怀念与期望》 《友报》1993年4月9日

1994年

《延水悠悠情曲化作梦》（散文） 《中流》1994年12月

1995年

《申蔚纪念集》 辽宁大学印刷厂印刷，1995年5月

《母亲》（短篇小说） 《文旗随战鼓——〈晋察冀日报〉文学作品选》 解放军文艺出版社，1995年10月

《过梁》（短篇小说） 《中国抗日战争短篇精粹》 作家出版社，1995年10月

1996年

《漂泊生涯——我的回忆录》（长篇回忆录） 《新文学史料》1996年1期—1997年4期

《复仇之路》（短篇小说） 《东北现代文学大系》 沈阳出版社，1996年12月

《潜伏的火焰》（短篇小说） 《东北现代文学大系》 沈阳出版社，1996年12月

《我们的祖先》（短篇小说） 《东北现代文学大系》 沈阳出版社，1996年12月

《演习之后》（短篇小说） 《东北现代文学大系》 沈阳出版社，1996年12月

《饿》（短篇小说） 《东北现代文学大系》 沈阳出版社，1996年

12月

《成物不可损坏》（短篇小说）　《东北现代文学大系》　沈阳出版社，1996年12月

《江山村十日》（长篇小说）　《东北现代文学大系》　沈阳出版社，1996年12月

《登基前后》（中篇小说）　《东北现代文学大系》　沈阳出版社，1996年12月

《火祭》（诗歌）　《东北现代文学大系》　沈阳出版社，1996年12月

《故都进行曲》（诗歌）　《东北现代文学大系》　沈阳出版社，1996年12月

1997年

《读刘兆林小说精品三卷集》（评论）　《文艺报》1997年1月15日

《竹生有节，人各有志》（散文）　《辽宁日报》1997年5月12日

《黎明前奏曲》（评论）　《鸭绿江》1997年7月

《二小放牛郎的化身——纪念方冰同志》（评论）　《鸭绿江》1997年

《马加文集·第3卷》　春风文艺出版社，1997年

《马加文集·第4卷》　春风文艺出版社，1997年

《马加文集·第6卷》　春风文艺出版社，1997年

《马加文集·第7卷》　春风文艺出版社，1997年